STANKO ANDRIĆ

DER SIMURG · SIMURG

EDITION*ZWEI*
IST EINE GEMEINSAME LITERARISCHE INITIATIVE
VON BANK AUSTRIA CREDITANSTALT
UND
KULTURKONTAKT AUSTRIA
IM
WIESER VERLAG
2003

Stanko Andrić
Der Simurg

Simurg

Aus dem Kroatischen
von
Klaus Detlef Olof

Roman

Edition*Zwei*

Wieser *Verlag*

Wieser Verlag

KLAGENFURT — WIEN — LJUBLJANA — SARAJEVO

A-9020 Klagenfurt/Celovec, Ebentaler Straße 34b

Tel. +43(0)463 37036, Fax +43(0)463 37635

office@wieser-verlag.com

www.wieser-verlag.com

Lektorat: Christian Skreiner

ISBN 3 85129 396 7

DER SIMURG*
Eine Kindheit in Slawonien

* Altpersisches Fabelwesen mit Hundekopf, Löwentatzen und Pfauenflügeln, im Besitz des Wissens aller Zeiten.

I.

Vrt je oaza drevnog poretka svijeta. Njegova je iskonska boja crvena. Čim otvorimo njegova rešetkasta vrata i zakoračimo njegovom stazom, moja baka (koja me vodi za ruku) i ja – osjećamo neprispodobivu silinu vrta. Tu su cvjetne lijehe čudesno jarkih boja. Stabla tamne izbrazdane kore ižaravaju svoju prastaru snagu. Šarene figurice patuljaka što izviruju između grmova ribiza i ogrozda posjeduju divovsku i strogu moć. Blistava bakrena ploča, goruće božanstvo, čvrsto je obješena nad vrtom.

Kuću kojoj je pripadao taj ograđeni vrt napustili smo kada sam napunio tri godine. Bila je to kuća Šumarovih, kuća u kojoj je odrastao moj otac. Sjećam se da je kuća bila puna ljudi, poznatih i nepoznatih. Nisam mogao dokučiti smisao zbivanja u kojima su svi oni uzimali udjela. Valjda upravo zato, značenja tih zbivanja činila su mi se golema.

Stalni stanari kuće bili su: baka i djed (očevi roditelji), prabaka i pradjed (djedovi roditelji),

I.

Der Garten ist die Oase der Urordnung der Welt. Seine Urfarbe ist rot. Sobald wir seine Gittertür öffnen und seinen Pfad betreten, fühlen meine Großmutter (die mich an der Hand führt) und ich – die unsagbare gewaltige Macht des Gartens. Hier sind Blütenbeete von wundersam leuchtenden Farben. Bäume mit dunkel gefurchter Rinde strömen ihre uralte Kraft aus. Die bunten Zwergengestalten, die zwischen den Johannisbeer- und Stachelbeersträuchern hervorlugen, besitzen die Stärke und Macht von Riesen. Die glänzende Kupferplatte, eine brennende Gottheit, ist fest aufgehängt über dem Garten.
Das Haus, dem dieser umfriedete Garten angehörte, verließen wir, als ich mein drittes Lebensjahr vollendet hatte. Es war das Haus der Šumars, jenes Haus, in dem mein Vater aufgewachsen war. Ich erinnere mich, daß dieses Haus voller Menschen war, bekannter und unbekannter. Unergründlich war für mich der Sinn des Geschehens, an dem sie alle zusammen teilhatten. Vielleicht kam mir gerade deshalb die Bedeutung dieser Geschehnisse riesenhaft vor.
Ständige Bewohner das Hauses waren: Großmutter und Großvater (die Eltern meines Vaters), Urgroßmutter und Urgroßvater (Großvaters

stric i strina, majka i otac, ja i moja godinu dana mlađa sestra. Protjecali su tjedni i mjeseci dok sam upoznavao sve te ljude, proširujući na njih carstvo svoje navike: prvo uzbudljivo razdoblje novosti u mom životu. Svakodnevno se u kući pojavljivao i kućni svinjar djed Mata Bartolavin, oniži suhonjavi čiča crvena lica, jedinstveni pušač lule. (Kasnije sam shvatio njegovu dublju vezu s nama: bio je to naš dalji srodnik, osiromašeni i neugledni rođak, predstavnik kao neke zakržljale grane na rodoslovnom stablu kojemu smo mi vrhunac i središte krošnje.)

Povremeni gosti u kući bili su još brojniji, muški i ženski. Dolazili su uglavnom iz najbližeg susjedstva. Nekih od njih sam se bezrazložno strašio, naročito njihovih lica i odora. Svi su bili veoma bučni, glasno su se smijali i postavljali mi različita pitanja: na primjer, kako mi je ime i prezime. Zabavljala ih je približnost mojih odgovora.

Nisam još postao sasvim svjestan zbiva-nja u svojoj okolici kada su u njoj zaredale različite

Eltern), Onkel und Tante, Mutter und Vater, ich und meine um ein Jahr jüngere Schwester. Es vergingen Wochen und Monate, bis ich alle diese Menschen kennengelernt hatte, indem ich das Reich meiner Gewohnheit auf sie ausweitete: die erste erregende Periode von Neuheiten in meinem Leben. Tagtäglich zeigte sich bei uns auch der Schweinehirt des Hauses, Großvater Mata Bartolavin, ein kleineres hageres Männchen mit rotem Gesicht, ein einzigartiger Pfeifenraucher. (Später habe ich seine tiefere Verbindung mit uns begriffen: Er war ein entfernter Angehöriger, ein verarmter und schlecht angesehener Verwandter, letzter Ableger eines verkümmerten Zweiges an dem Stammbaum, dessen Wipfel und Zentrum der Krone wir bildeten.)

Zeitweilige Gäste im Haus waren noch häufiger, Männer wie Frauen. Sie kamen in der Hauptsache aus der nächsten Nachbarschaft. Vor einigen von ihnen hatte ich grundlos Angst, besonders vor ihren Gesichtern und Arbeitsmonturen. Alle lärmten und lachten laut und stellten mir die unterschiedlichsten Fragen, zum Beispiel, wie ich mit Vor- und Nachnamen heiße. Sie belustigte das Ungefähre meiner Antworten.

Ich war mir des Geschehens in meiner Umgebung noch nicht ganz bewußt, als sich in ihr schon die unterschiedlichsten Tode aneinanderreihten.

smrti. Najprije je umro pradjed. Ponekad mi se čini da sam donekle upamtio njegov lik, ali je ipak vjerojatnije da se radi o liku s fotografija. Mnogo me se snažnije dojmila smrt koja je uslijedila: smrt starog kućnog mačka s kojim sam se bio zbližio. Mačak se zvao Mujo i uginuo je od starosti, među cvjetnim gredicama u vrtu. Taj me nepojmljivi događaj zbunio. Svima sam ponavljao tu dramatičnu vijest o smrti koju ni sam nisam shvaćao. Ljudi iz susjedstva su mi dosađivali i ja sam im odvraćao ovom grubošću čiji smisao oni nisu mogli dokučiti: »Idi u bašču umrt!« (Tako je ta rečenica doslovce glasila u našem mjesnom govoru.) Tako sam malo-pomalo počeo pokazivati znakove onog nepodnošljivog značaja kojemu je opstojnost bližnjega samo zamorna i beznačajna okolnost. U tim najranijim godinama svoga djetinjstva patio sam od teške i naporne ekskrementacije. Nisam još znao za teorije doktora Freuda, ali njegovi su me zakoni već nemilosrdno podvrgnuli svojim grananjima. Stenjući na svojoj drvenoj

Zuerst starb mein Urgroßvater. Manchmal scheint es mir, daß ich seine Gestalt durchaus im Gedächtnis behalten habe, aber wahrscheinlicher ist doch, daß es sich um die Gestalt von Fotografien handelt. Einen viel stärkeren Eindruck hinterließ der darauf folgende Tod, der des alten Hauskaters, mit dem ich mich angefreundet hatte. Der Kater hieß Mujo und starb an Altersschwäche, zwischen den Blumenbeeten im Garten. Dieses unbegreifliche Ereignis machte mich verwirrt. Allen erzählte ich die dramatische Nachricht von diesem Tod, den ich nicht begreifen konnte.
Die Leute aus der Nachbarschaft ödeten mich an, und ich zahlte es ihnen mit einer Grobheit heim, deren Sinn sie nicht begreifen konnten: »Geh in den Garten sterben!« (So lautete dieser Satz wortwörtlich in unserem lokalen Idiom.) Auf die Weise begann ich allmählich Anzeichen jenes unerträglichen Charakters zu zeigen, für den die Existenz des Nächstens nur ein ermüdender und bedeutungsloser Umstand ist. In diesen allerfrühesten Jahren meiner Kindheit litt ich an schwerer und mühsamer Exkretion. Ich wußte noch nichts von den Theorien des Doktor Freud, aber seine Gesetze unterwarfen mich umbarmherzig ihren Verästelungen. Auf meinem Holzstühlchen stöhnend arbeitete ich an der unumkehrbaren Formung meines analen Charakters, an den zukünftigen

stolici, nepovratno sam oblikovao svoj analni karakter, buduće obrise zajedljive i ranjive duše. Onda je, na drugom kraju sela, umrla moja prabaka, bakina mati. Pradjed nije imao muškog potomstva i netko se od mlađih srodnika morao preseliti k njemu kako ne bi, u svojim kasnim godinama, ostao sam na svijetu. Iako je bio najstariji sin i time određen za nasljednika očinskog doma, moj otac je prihvatio selidbu. Napunili smo kola svojim stvarima i napustili kuću Šumarovih. Nismo više stanovali u središtu sela, takoreći u sjenci crkve. Zaboljelo me to odvajanje. Vezanost za mjesto objavila mi se kao jedna od snažnih crta moje naravi. Sporo sam popuštao ljubavi za naš novi dom.

U kući u koju smo preselili živio je samo taj čovjek koji je već bio nadomak osamdesete, pradjed. Preko dana, on se zadržavao u jednom kutku dvorišta s ružama i drugim cvijećem. Potpuno se odrekao svih seljačkih briga i poslova. Na bunaru je običavao napuniti lavor hladnom vodom te ga ostaviti na suncu da se voda smlači. Popodne bi se u njoj umivao sa sporom brižljivošću, svukavši se

Konturen einer sarkastischen und verletzlichen Seele.
Dann starb am anderen Ende des Dorfes meine Urgroßmutter, Großmutters Mutter. Urgroßvater hatte keine männliche Nachkommenschaft, und jemand von den jüngeren Verwandten mußte zu ihm ziehen, damit er in seinen späten Jahren nicht allein war auf der Welt. Obwohl mein Vater der Älteste und damit der Erbe des Vaterhauses war, akzeptierte er den Umzug. Wir packten einen Wagen mit unseren Sachen voll und verließen das Haus der Šumars. Jetzt wohnten wir nicht mehr in der Dorfmitte, im Schatten der Kirche sozusagen. Diese Trennung verursachte mir Schmerz. Die Ortsgebundenheit erwies sich bei mir als eine der kräftigen Linien meiner Natur. Nur langsam überließ ich mich der Liebe zu unserem neuen Heim.
In dem Haus, in das wir umgezogen waren, lebte nur dieser Mann, der schon nahe den Achtzigern war, mein Urgroßvater. Tagsüber hielt er sich in einer Hofecke bei den Rosen und anderen Blumen auf. Er hatte allen bäuerlichen Sorgen und Obliegenheiten entsagt. Am Brunnen füllte er gern ein Waschbecken mit kaltem Wasser und stellte es in die Sonne, damit das Wasser lau werden sollte. Nachmittags wusch er sich darin, sich zuvor bis zum Gürtel freigemacht habend, mit lang-

prethodno do pasa, pokazujući pritom svoja kao pergament žuta leđa osuta mladežima. Bio je to sakupljač sunca. Zemaljske stvari više ga nisu zanimale. Ujesen, za posljednjih sunčanih dana, provodio je cijela popodneva na stolici među ružama, pjevušeći naizmjence nabožne crkvene pjesme i *šokačke pismice*. Ponekad bi otvarao iskrzani molitvenik i naglas čitao koji redak, popraćujući ga meditativnim odobravanjem, sjedeći pod žućkastim nebom.

Kada se rodio, pradjed je bio dvadest i deveti član zadruge. Svi osim njega bili su sada mrtvi.

Svakodnevno je odlazio na misu, okajavajući grijehe svoje daleke mladosti kao i dugog muževnog doba. Poživjet će do devedesete: činilo se da mu je Bog odobrio da svoje neprežaljene grijehe oplače još na zemlji. Uvijek se držao po strani od nas, djece svoje djece. Činilo se da se u tom zaziranju miješaju bojažljivost i prijezir. On nas je priznavao svojima, ali ne dotle da bi se s nama pomiješao. Nije mogao dopustiti da mi poremetimo njegov besprijekorni životni program, kojemu je Bog dao svoj pristanak i blagoslov.

samer Sorgfalt, wobei er seinen wie Pergament gelben, von Flecken übersäten Rücken zeigte. Er war ein Sonnensammler. Irdische Dinge interessierten ihn nicht mehr. Im Herbst, während der letzten Sonnentage, verbrachte er ganze Nachmittage auf einem Stuhl zwischen den Rosen sitzend, wobei er abwechselnd fromme Kirchenlieder und *šokačke pismice*[1] summte. Manchmal schlug er sein zerfleddertes Gebetbuch auf und las laut ein paar Zeilen, die er unter dem gelblichen Himmel mit meditativer Billigung kommentierte.
Als er auf die Welt kam, war Urgroßvater das neunundzwanzigste Mitglied unserer Großfamilie. Nun waren alle außer ihm tot.
Tag für Tag ging er zur Messe, um die Sünden seiner fernen Jugend, wie auch seines langen Manneslebens, zu bereuen. Er sollte bis zum Neunzigsten leben: Gott schien ihm zugestanden zu haben, seine unbereuten Sünden noch auf Erden zu beweinen. Stets hielt er sich abseits von uns, den Kindern seiner Kinder. Es scheint, daß sich in dieser Ablehnung Furchtsamkeit und Verachtung mischten. Er erkannte uns als die Seinen an, aber das ging nicht so weit, daß er sich mit uns vermischt hätte. Er konnte es nicht zulassen, daß wir sein makelloses Lebensprogramm störten, dem Gott seine Einwilligung und seinen Segen gegeben hatte.

Na suprotnom kraju našeg novog dvorišta nalazio se štagalj s kravljim i konjskim stajama i šupom za kola. Postupno smo upoznali težinu hrastovih vrata sa zaponcima, pod od opeka natopljen mokraćom, glatke prečke jasala koje neprestano pretražuju vlažne njuške životinja. Oprezno smo pribivali životu staje, kad padne noć, promatrali krave zauzete preživanjem i ostalim bezazlenim večernjim poslovima, pri crvenkastoj svjetlosti žarulje koju su muhe sasvim prekrile svojim tragovima. Bili smo svakodnevni gosti toplog kravljeg doma, među kravama što počivahu od naporna i pustolovna dana. Vjerovali smo da krave noću ne spavaju, da sve vrijeme provode u snatrenju i melankoličnom preživanju dnevnih uspomena, pružajući si s vremena na vrijeme one lijepe uzajamne usluge svojim hrapavim jezicima.

Stajski prozorčić pružao je uzbudljivu mogućnost uhođenja. U trenutku kad bi se naša lica pojavila na stajskom prozorčiću (a radi toga nam se valjalo uzverati uza zid, držeći se rukama za drveni okvir i s nožnim prstima u razmacima opeka), na nas bi

Am gegenüberliegenden Ende unseres neuen Hofes befand sich eine Scheune mit Kuh- und Pferdeställen und einem Wagenschuppen. Schrittweise lernten wir die schwere Eichentür mit den Riegeln kennen, den vom Harn getränkten Ziegelboden, die glatten Latten der Krippe, die ständig von den feuchten Tiermäulern abgesucht wurden. Vorsichtig wohnten wir dem Leben des Stalles bei, wenn die Nacht einfiel, sahen den Kühen zu, die mit Wiederkäuen und anderen harmlosen Abendverrichtungen beschäftigt waren, bei dem rötlichen Licht einer Glühbirne, die unter den Spuren der Fliegen zu verschwinden schien. Tagtäglich waren wir Gäste des warmen Kuhheimes, unter den Kühen, die sich von ihrem anstrengenden und ereignisreichen Tag ausruhten. Wir glaubten, die Kühe würden nachts nicht schlafen, sie würden die ganze Zeit über träumend und im melancholischen Wiederkäuen ihrer täglichen Erinnerungen verbringen, wobei sie einander von Zeit zu Zeit diesen schönen Dienst mit ihrer rauhen Zunge erwiesen.
Das Stallfenster bot eine erregende Möglichkeit des Ausspähens. In dem Augenblick, wenn sich unsere Gesichter am Stallfensterchen zeigten (zu dem Zweck mußten wir uns an der Wand hochziehen, wobei wir uns mit den Händen am Holzrahmen und mit den Zehen in den Ziegelfugen

se najprije svrnula pažnja teladi, naglom kretnjom njihovih glava bez rogova, netremičnim pogledom njihovih krupnih očiju. Tek bi nas potom primijetile i krave, iskusne majke, polagano okrećući svoje velike glave otešćale od životne mudrosti. Odavno navikle na pogibli koje donose susreti s tuđim stadima, krvoločni psi, oluje, mračna bespuća šume – njih više ne mogu iznenaditi ovako nedostojne smicalice. Ah, te izvanredne životinje, neusporedive krave, zdepasti anđeli čuvari našeg djetinjstva! U mislima smo ih ovako razglabali: svaka je krava kao pokretni ormar na papcima, koji uključuje spremište za mlijeko, za krmivo i za još nerođeno tele; može poslužiti i za jahanje; kravlja glava je dobroćudno zasebno biće, čudnovato oboružano rogovima, tim neočekivanim barbarskim dodatkom iznad velikih pokretljivih ušiju, znamenom Vikinga, atavističkim preostatkom davne prošlosti …
Tada smo mogli jedino zamišljati udaljena prostranstva što ih krave prelaze između jutra i večeri, pod paskom prekaljenog goniča koji i sam u jednoj osobi spaja hodočasnika, vojskovođu i svjetskog putnika-istraživača …

hielten), wandten uns zuerst die Kälber ihre Aufmerksamkeit zu, mit einer heftigen Bewegung ihrer ungehörnten Köpfe und dem unverwandten Blick ihrer großen Augen. Erst dann pflegten uns auch die Kühe zu bemerken, erfahrene Mütter, die ihren großen von Lebensweisheit schweren Kopf nur langsam wandten. Seit Urzeiten an Gefahren gewöhnt, wie sie Begegnungen mit fremden Herden, blutrünstige Hunde, Gewitter, die finstere Unwegsamkeit des Waldes mit sich brachten – konnte solch frecher Unfug sie nicht mehr überraschen. Ach, diese außerordentlichen Tiere, die unvergleichlichen Kühe, die plumpen Schutzengel unserer Kindheit! In Gedanken zerlegten wir sie folgendermaßen: Die Kuh ist ein mobiler Schrank auf Hufen, der in seinem Innern je einen Behälter für Milch, für Futtermittel und für das noch ungeborene Kalb birgt; sie dient auch zum Reiten; der Kuhkopf ist ein eigenes gutmütiges Wesen, das zur Wehr seltsame Hörner trägt, einen unerwarteten barbarischen Zusatz oberhalb der großen beweglichen Ohren, ein Zeichen der Wikinger, ein atavistisches Relikt uralter Vergangenheit …

Damals konnten wir uns höchstens die entfernten Weiten vorstellen, die die Kühe, unter Aufsicht des bewährten Hüters, der Pilger, Heerführer und forschender Weltreisender in einer Person war, zwischen Morgen und Abend zurücklegten …

Neposredno nakon preseljenja, moje jedino društvo bila je moja godinu dana mlađa sestra. Uvijek sam je smatrao podmuklim bićem. Razdoblja primirja bila su rijetka i kratkotrajna. Ona je mnogo i neobično rado lagala, pa je razumljivo što se u tom silno izvještila. Pred roditeljima, moje istinite tvrdnje pokadšto su zvučale manje uvjerljivo od njenih laži. To me je razjarivalo. Nekoliko sam je puta napao i povrijedio, doduše ne sasvim hotimice, i poslije toga bih se jako uplašio. Roditeljska pravda koja me stizala ukidala je moju fizičku nadmoć nad sestrom. Nikada je nisam uspio definitivno pobijediti.

Nekoliko godina poslije nas rodio se naš brat. Sljedeće godine još jedan. Prvi je u svom ranom djetinjstvu bio debeljuškast pa smo ga zvali Debeli, a taj mu je nadimak djelomice ostao i kasnije, kad više uopće nije bio debeo. Inače je bio dobroćudan i nespretan: često je padao, glava mu je bila puna modrica i čvoruga, zbog kojih je, činilo se, zauvijek ostala krupnijom. Malokad je zbog toga plakao. Drugi je brat bio poznat po tome što mu je i najbeznačajniji razlog bio dovoljan da udari u plač. Mi stariji zbog toga smo ga rado zadirkivali,

Unmittelbar nach unserem Umzug war meine einzige Gesellschaft meine ein Jahr jüngere Schwester. Ich habe sie immer für ein heimtückisches Wesen gehalten. Waffenstillstandsperioden waren selten und von kurzer Dauer. Sie log heftig und ausnehmend gern, und so ist es nur zu verständlich, daß sie es darin zu einer ungeheueren Vervollkommnung brachte. Vor unseren Eltern klangen meine wahrheitsgetreuen Beteuerungen oft weniger überzeugend als ihre Lügen. Das machte mich wütend. Ein paar Mal griff ich sie an und verletzte sie, freilich nicht ganz absichtlich, aber danach war ich immer sehr erschrocken. Die elterliche Rechtsprechung, die mich traf, annullierte meine physische Überlegenheit über meine Schwester. Sie endgültig zu besiegen, gelang mir nie.

Ein paar Jahre nach uns kam unser Bruder zur Welt. Im darauffolgenden Jahr noch einer. Ersterer war in seiner frühen Kindheit dicklich, und so nannten wir ihn Dicker, und dieser Spitzname blieb ihm teilweise auch später, als er überhaupt nicht mehr dick war. Ansonsten war er gutmütig und ungeschickt: Er fiel oft hin, sein Kopf war voller blauer Flecken und Beulen, vielleicht die Ursache dafür, daß er so groß blieb. Geweint hat er deshalb selten. Unser anderer Bruder war dafür bekannt, daß selbst der unbedeutendste Grund für ihn hinreichte, um in Tränen auszubrechen.

razdražujući ga; mama ga je branila i dijelila nam pljuske, a on je glavninu vremena provodio roneći suze i gušeći se u jecajima. Istodobno je – i to se samo naizgled čini nesuvislim – bio veoma ratoboran i osvetoljubiv. Kada je došlo vrijeme za uspostavu savezništava, ja sam uglavnom mogao računati na mlađeg a sestra na starijeg brata: zanimljiva mreža odnosa, ali ovo nije prigoda za njeno raščlanjivanje.

Nekoliko godina poslije te dvojice, na svijet je došla i naša druga sestra. Mamina mezimica, slabunjava i pomalo starmala. Tu se, na broju *sedam*, ukrcavanje našeg obiteljskog broda zaustavilo: posada je bila kompletna i naša plovidba je hrabro otpočela, pod istaknutim zastavama naše vjere i naših svjetonazora.

Brzo sam i pohlepno učio gramatiku godišnjih doba, to uzbudljivo gradivo koje s pravom zauzima središnje mjesto u programima pučkoškolskih razreda, tu fundamentalnu četverostruku razdiobu raznolikosti svijeta: proljeće, ljeto, jesen, zima, podjednako važno i neopozivo kao i istok, zapad, sjever, jug, ili pak Ivan, Matej, Marko,

Wir Älteren brüllten ihn deshalb gern an und provozierten ihn; Mama verteidigte ihn und versetzte uns Ohrfeigen, doch er verbrachte die meiste Zeit damit, Tränen zu vergießen und an seinen Schluchzern zu ersticken. Gleichzeitig – und das ergab nur auf den ersten Blick keinen Zusammenhang – war er äußerst streit- und rachsüchtig. Als die Zeit gekommen war, Bündnisse zu schließen, konnte ich im großen und ganzen auf den jüngeren und meine Schwester auf den älteren Bruder zählen, ein interessantes Beziehungsgeflecht, aber hier ist nicht der Ort, es aufzudröseln.
Einige Jahr nach diesen beiden kam auch unsere zweite Schwester auf die Welt. Mamas Liebling, schwächlich und ein wenig altklug. Hiermit, mit der Siebenzahl, war das Einschiffen auf unserem Familienkahn abgeschlossen: Die Besatzung war komplett, und unsere Seereise hatte tapfer begonnen, unter den gehißten Fahnen unseres Glaubens und unserer Weltanschauungen.
Rasch und gierig verschlang ich die Grammatik der Jahreszeiten, diesen aufregenden Lehrstoff, der zu Recht einen zentralen Platz in den Programmen der Volksschule einnimmt, diese grundlegende vierfache Verteilung der Vielfalt der Welt: Frühling, Sommer, Herbst, Winter, gleicherweise wichtig und unverrückbar wie Osten, Westen, Norden, Süden oder wie Johannes, Matthäus,

Luka. Djetinjstvo sam proveo uz noćnu dreku male djece, svoje braće i sestara. (Ni sám navodno nisam bio šutljiviji u svoje doba, u što spremno vjerujem.) Dolasci proljeća zatjecali su nas bolesne. Preboljeli smo sve dječje bolesti, zaušnjake, ospice, kozice. Redovito smo bolovali od prehlade i gripe. Pili smo vruće čajeve s limunom, motali se po sobama i u krevetima, ne promaljajući ni nos izvan kuće. Napokon bismo, u mjesecu travnju, izlazili u dvorište, ošamućeni svjetlošću, slabi, drhtavih nogu. Proljetno sunce tjeralo nas je na kihanje. Uzduž štaglja ležali su otpaci vinove loze, koju je naš otac upravo obrezivao. Već je posvuda kukičasta igla proljeća izvlačila zeleno punivo iz olinjalog madraca zime. Trčali smo u stražnja dvorišta; noge su nam tonule u meku zemlju prekritu mladom travom. U plitkim jarcima na međi, u usjecima kolskog puta, ljeskali su se rukavci vode. Bili su to zaostaci proljetnih poplava, nastalih od kiša i kopnjenja snijega. Vode su se svakim danom vidljivo povlačile. Uskoro će na mjestima gdje je ležala voda zemlja ispucati u neke nepravilne višekutne opeke, prekrivene zelenkastom

Markus, Lukas. Die Kindheit verbrachte ich unter allnächtlichem Geschrei kleiner Kinder, meiner Brüder und Schwestern. (Ich selbst soll seinerzeit keineswegs schweigsamer gewesen sein, was ich gerne glaube.) Die Frühlingsanfänge fanden uns krank. Wir durchlitten alle Kinderkrankheiten, Mumps, Masern, Windpocken. Regelmäßig litten wir an Erkältung und Grippe. Wir tranken heiße Tees mit Zitrone, hielten uns im Zimmer und im Bett auf, ohne die Nase aus dem Haus zu stecken. Endlich wagten wir, im Monat April, einen Schritt in den Hof, geblendet vom Licht, schwächlich, mit zitternden Beinen. Die Frühlingssonne zwang uns zum Niesen. Längs der Scheune lagen die ausgeästeten Ranken des Weinstocks, den unser Vater gerade beschnitt. Schon hatte überall die Häkelnadel des Frühlings aus der schäbig gewordenen Matratze des Winters die grüne Füllung herausgezogen. Wir rannten in die hinteren Höfe; unsere Füße versanken in der von jungem Gras bedeckten weichen Erde. In den seichten Gräben am Ackerrain, in den Spuren des Karrenweges schimmerten Wasserarme. Das waren die Reste der von Regenfällen und von der Schneeschmelze verursachten Frühlingshochwasser. Die Wasser gingen mit jedem Tag sichtbarer zurück. Bald würde die Erde an den Stellen, wo das Wasser stand, in unregelmäßige, vieleckige, von grün-

korom. Unaprijed smo se radovali žarkom, ustreptalom ljetu, ljetu-prostranstvu, ljetu-indijanskoj preriji naših pustolovina.

Uvečer, dok bi nam oči već bile stanovito vrijeme sklopljene, dok bi pernato brdo perine dopiralo tik do naših nosnica, ostavljajući im upravo dovoljno mjesta da obavljaju svoj pouzdani noćni posao, i dok bi naša svijest malaksavala, slasno ošamućena, – tada bi nam do uha doprlo daleko mukanje, zalutalo i uznemireno. Bila je to krava koja se danju izgubila negdje u šumi i kojoj su goniči , odustajući od daljnje potrage, ostavili na volju da se sama vrati u selo. I doista, krava se vraćala kasno u noći, opustjelim drumom, između pozaspalih kuća. Bio je to čaroban, melodramatičan svršetak njene pustolovine. Pod srebrnastom svjetlošću mjeseca, kao na kakvoj romantičnoj pozornici, ona bi promicala kroz sjenku stabala. U njenom prodornom mukanju jasno se razabirala neka uvrijeđenost, pomiješana sa strahom koji, međutim, već jenjava.

Ubrzo zatim, časovita bi noć izbrisala prethodni dan, priključila ga nepreglednom nizu prošlih

licher Kruste bedeckte Ziegel aufplatzen. Im voraus freuten wir uns auf die Hitze, den flimmernden Sommer, den Sommer als Weite, den Sommer als Indianerprärie unserer Abenteuer.

Am Abend, wenn unsere Augen schon geraume Zeit geschlossen waren, wenn der Federberg der Pfühle direkt an unsere Nasenlöcher rührte und ihnen gerade so viel Platz ließ, daß sie ihr verläßliches Nachtgeschäft verrichten konnten, und wenn unser Bewußtsein in süßer Betäubung ermattet war – dann konnte es geschehen, daß noch ein fernes Muhen, verirrt und unruhig, an unser Ohr drang. Das war die Kuh, die sich tagsüber irgendwo im Wald verlaufen hatte und der es die Hüter, von weiterer Suche Abstand nehmend, frei gestellt hatten, allein ins Dorf zurückzukehren. Und tatsächlich kehrte die Kuh spät in der Nacht zurück, auf der verlassenen Straße, zwischen schläfrigen Häusern hindurch. Das war der verzauberte, melodramatische Abschluß ihres Abenteuers. Unter dem silbrigen Licht des Mondes bewegte sie sich durch die Schatten der Bäume hindurch wie auf einer romantischen Bühne. In ihrem durchdringenden Muhen war deutlich Beleidigtsein zu erkennen, vermischt mit Angst, die allerdings bereits nachließ.

Gleich darauf wischte die geschwinde Nacht den vorangegangenen Tag aus und fügte ihn der un-

dana, i svijet bi ujutro, obmanut, brzoplet, mogao iznova započeti svoju povijest: budilo bi nas, kao u kakvoj lijepoj priči, ono sjetno tuljenje roga u koji puše seoski gonič zvani *čordaš*, pozivajući seljake da odvežu svoja goveda s jasala. Bio je to kravlji rog, veliki rog podolskog goveda, neprikladno i jogunasto glazbalo: vrijedni je *čordaš* zacijelo morao utrošiti silan dah ne bi li iz njega izmamio malo plačljiva zvuka. Taj osobiti čeznutljivi zov, ta vjerodostojna pjesma kojom se oglasio kravlji rog, tada bi samo blago prošarala šumnu struju zraka što je kroza nj protjecala, tjerana snažnim goničevim plućima. Ali upravo je ta neprimjerenost napora, taj gubitak daha i ta grubost naprave – bila najboljim dokazom u prilog prirodnog podrijetla i posvemašnje nepatvorenosti roga …

absehbaren Kette vergangener Tage hinzu, und am Morgen konnte die Welt, geblendet und überstürzt, ihre Geschichte von neuem beginnen: Uns weckte, wie in einer schönen Geschichte, das gefühlvolle Heulen des Horns, in das der *čordaš* [2] genannte Dorfhüter stieß, womit er die Bauern aufforderte, ihre Rinder von den Krippen zu lassen. Das war ein Kuhhorn, das große Horn eines podolischen Rindes, ein ungeeignetes und eigensinniges Musikinstrument: Der brave *čordaš* mußte sicherlich einen gewaltigen Atem aufbieten, um ihm ein wenig von dem weinerlichen Ton zu entlocken. Diesen besonders sehnsuchtsvollen Ruf, dieses wahrheitsgetreue Lied, mit dem sich das Kuhhorn zu Gehör meldete, konnte der aus den kräftigen Lungen des Hüters entsandte Klingstrom der Luft nur sanft marmorieren. Aber gerade diese Unverhältnismäßigkeit der Anstrengung, dieser Atemverlust und diese Grobheit der Vorrichtung – waren der beste Beweis für die natürliche Herkunft und völlige Unverfälschtheit des Horns …

II.

U sjenci dalekog sretnog djetinjstva žive voljeni likovi.

Naši prvi susjedi s istočne strane neprestano su se izmjenjivali: ta ruševna i neugledna kuća svake je godine prelazila iz ruke u ruku.

Jednom se u njoj skrasiše ljudi iz daleka, žena i muž i dvije kćerkice neobičnih imena, Olgica i Lepa. Bila su to prva djeca iz susjedstva s kojom smo se igrali. Ne znam čime su se bavili roditelji Olgice i Lepe. Te dvije djevojčice nosile su neobične, kitnjaste frizure koje su nam se tada činile »gradskim«, a danas bih ih smatrao simpatično staromodnim. Njihovo me društvo činilo razdraganim, njihova odsutnost utučenim i ljubomornim. (Kazujući to, možda već pretjerujem, zacijelo već iznevjeravam rekonstrukciju istine. Ova priča koja je, možda, otpočela dopuštajući nadu u uzbudljiv zaplet, kao tolike izmišljene priče – za trenutak će se naprosto prekinuti.) Nakon jedne godine, one i njihovi roditelji otputovaše u potragu za boljim stanom i mi ih više nikada nismo

II.

Im Schatten der fernen glücklichen Kindheit leben geliebte Gestalten.
Die ersten Nachbarn östlich von uns wechselten einander ständig ab: Das baufällige und unansehnliche Haus wanderte Jahr für Jahr aus einer Hand in die andere.
Einmal ließen sich Leute aus der Ferne dort nieder, Mann und Frau mit zwei Töchtern mit ungewöhnlichen Namen, Olgica und Lepa. Das waren die ersten Kinder aus der Nachbarschaft, mit denen wir gespielt haben. Ich weiß nicht, was für eine Beschäftigung die Eltern von Olgica und Lepa hatten. Die beiden Mädchen trugen ungewöhnliche Fransenfrisuren, die uns damals »städtisch« erschienen, heute würden sie uns sympathisch altmodisch vorkommen. Ihre Gesellschaft machte mich selig, ihre Abwesenheit niedergeschlagen und eifersüchtig. (Indem ich das sage, übertreibe ich vielleicht schon, ja, hintertreibe bereits die Rekonstruktion der Wahrheit. Diese Geschichte, die wie so viele erfundene Geschichten vielleicht erste Hoffnungen auf eine aufregende Verwicklung geweckt hat – wird für einen Moment ganz einfach unterbrochen. Nach einem Jahr zogen sie und ihre Eltern auf der Suche nach einer besseren Wohnung weg, und wir sahen sie niemals wieder.

vidjeli. Dao bih danas mnogo toga da saznam gdje su sada te dvije vragolanke, gdje su i što rade i sjećaju li se davnih igara, koje smo sami izmišljali, nadahnuti onim svijetlim, opojnim proljećem. Igrali smo se posvuda, u vrtu, u dvorištu, u stajama i ispred naše kuće. Naša je kuća bila stara ali lijepa, s ukrasima od žbuke i sa šalufima na prozorima, obojana u zeleno i žuto. Cestom su povremeno prolazili automobili i događalo se da se neki automobil zaustavi, da iz njega izađu muškarac i žena u čudnoj »gradskoj« odjeći, s crtama lica koje odaju strance, i s fotoaparatom u rukama. Prilazili su nam osmjehujući se i prijazno ponavljajući riječi koje nismo razumjeli. Pokazivali su nam rukama da stanemo ispred svoje kuće i tako nas fotografirali. Prije nego što se odvezu, ostavljali su nam po jedan slatkiš ili neku igračku, primamljivu na prvi pogled, ali koja se ubrzo raspadala na dijelove i pretvarala u ništa.

Oni koji su dolazili sa strane jasno su vidjeli što smo mi: seljačići koji se ne usuđuju udaljiti od svog dvorišta. Pa ipak, naš otac nije bio skučen duh i prvi je u selu prihvaćao moderne ideje u

Heute würde ich viel darum geben zu erfahren, wo diese beiden Teufelsmädchen jetzt sind, wo sie sind, und was sie tun, und ob sie sich der Spiele von damals erinnern, die wir selbst erfunden haben, inspiriert von jenem lichten, berauschenden Frühling.
Wir spielten überall, im Garten, im Hof, in den Ställen und vor unserem Haus. Unser Haus war alt, aber schön, mit Stuckverzierungen und mit Läden vor den Fenstern, es war grün und gelb gestrichen. Hin und wieder fuhren Autos auf der Straße vorüber, und es konnte passieren, daß eines anhielt, daß ein Mann und eine Frau in seltsamer »städtischer« Kleidung ausstiegen, mit Gesichtszügen, die den Fremden verrieten, und mit einem Fotoapparat in Händen. Sie traten näher und lächelten und wiederholten freundlich Worte, die wir nicht verstanden. Sie bedeuteten uns mit den Händen, uns vor dem Haus aufzustellen, und fotografierten uns so. Bevor sie weiterfuhren, ließen sie uns eine Süßigkeit oder ein Spielzeug da, das auf den ersten Blick interessant war, aber rasch in seine Teile zerfiel und sich in nichts auflöste.
Wer von außerhalb kam, sah deutlich, was wir waren: Kleinbauern, die sich nicht getrauen, sich von ihrem Hof zu entfernen. Und doch war unser Vater kein beschränkter Geist, er war der erste im Dorf gewesen, der moderne Ideen auf dem Ge-

području poljodjelstva, želeći po svaku cijenu unaprijediti taj stoljetni mukotrpni posao. Iste godine kada sam se rodio kupio je novi traktor, među prvima u selu. Prvi je nabavio sijačicu za kukuruz i prskalicu. Ljudi su sumnjičavo, s podsmijehom, promatrali čudnovatu djelatnost ove potonje naprave, koja je trebala baciti motiku u ropotarnicu povijesti ratarstva. Nakon nekoliko dana, zaprepašteno su priznali veličanstveni učinak herbicida. Na mjestu starih pradjedovih kokošinjaca i svinjaca od drva i blata, otac je sagradio moderni peradarnik na kat, opskrbljen vodovodom i električnom ventilacijom. U sklopu te optimističke ofenzive napretka, i mi smo dobili prve dužnosti. Naš svakodnevni posao: štambiljanje jaja, nešto dozlaboga dosadno. Tih smo godina držali po nekoliko tisuća kokoši-nesilica, koje su pripadale gradskoj Veterinarskoj stanici. Jaja su pred nas stizala u košarama, ravno iz peradarnika, još topla, i mi smo ih morali čistiti, odstranjivati napukla i deformirana, slagati ih u naročite kartone i na svako jaje stavljati mali ljubičasti štambilj.

biete der Landwirtschaft aufgegriffen hatte, da er dieses Jahrhunderte alte mühsame Geschäft um jeden Preis voranbringen wollte. Im selben Jahr, als ich geboren wurde, kaufte er einen neuen Traktor, als einer der ersten im Dorf. Als erster schaffte er eine Maispflück- und eine Sprühmaschine an. Die Leute hatten nur Argwohn und Spott für die seltsame Verwendung letzterwähnter Vorrichtung, die die Hacke in die Rumpelkammer der Ackerbaugeschichte verbannen sollte. Nach ein paar Tagen erkannten sie die großartige Wirkung der Herbizide verblüfft an. Anstelle der alten, vom Urgroßvater stammenden Hühnerhagen und Schweinekoben aus Holz und Dreck baute unser Vater eine moderne Geflügelfarm in zwei Ebenen, versorgt mit Wasserleitung und elektrischer Ventilation. Im Verein mit dieser optimistischen Fortschrittsoffensive gab es auch für uns erste Pflichten. Unsere tägliche Arbeit bestand im Eierstempeln, etwas verdammt Langweiliges. In den Jahren hielten wir ein paar Tausend Legehennen, die der städtischen Veterinärstation gehörten. Die Eier kamen in Körben vor uns, direkt aus der Geflügelfarm, noch warm, und wir mußten sie – nach Aussortierung der gesprungenen und verformten – säubern, in eigene Kartons legen und auf jedes Ei einen kleinen violetten Stempel drücken.

U tom sretnom razdoblju punom obećanja, otac se pretplatio na nekoliko zagrebačkih časopisa: »Gospodarski list« namijenjen naprednim poljoprivrednicima, »Hrvatski tjednik« koji je u to vrijeme postao glasilom nacionalnog buđenja, gotovo sve katoličke časopise, koji su isporučivani preko našeg župnog ureda. Još i danas, platnom uvezana godišta nekih od tih časopisa svjedoče o neponovljivom razdoblju samopouzdanja i naivnih nada. Osim časopisa, otac je naručivao i knjige, osobito najnovija izdanja »Matice hrvatske« i »Kršćanske sadašnjosti«. Bio je to labuđi pijev, posljednji doprinos rastu njegove biblioteke koja je nastala u pedesetim godinama, pod izravnim utjecajem našeg župnika.

Po svim zakucima dvorišta i vrta otac je cijepio grančice plemenitog voća na različite divlje mladice. Nabavljao je i sadnice hibridnog patuljastog voća i sadio ih na prikladnim mjestima. Plodovi ovih potonjih brzo su dospijevali, bili su krupni, mekog i bijelog ali gotovo bezmirisnog mesa. Okus im je bio nekako ispran. Njihova slatkoća činila se umjetnom i šećerastom. Dok ga jedete, slast tog voća vam izmiče, kao u snu.

In dieser glücklichen Periode voller Versprechen hatte unser Vater einige Zagreber Zeitschriften abonniert: »Gospodarski list« (Wirtschaftsblatt), den fortschrittlichen Landwirten gewidmet, »Hrvatski tjednik« (Kroatisches Wochenblatt), zu dieser Zeit das Sprachrohr der nationalen Erwekkung, fast alle katholischen Zeitschriften, die über unser Pfarramt ausgeliefert wurden. Noch heute zeugen die in Leinen gebundenen Jahrgänge einiger dieser Zeitschriften von der unwiederbringlichen Periode des Selbstvertrauens und naiver Hoffnungen. Außer Zeitschriften bezog unser Vater auch Bücher, in erster Linie die wichtigsten Ausgaben der Verlage »Matica hrvatska« und »Kršćanska sadašnjost«. Das war der Schwanengesang, der letzte Beitrag zum Anwachsen seiner Bibliothek, die in den fünfziger Jahren, unter dem unmittelbaren Einfluß unseres Pfarrers, entstanden war.

In allen Winkeln des Hofes und Gartens pfropfte Vater Zweige von Edelobst auf verschiedene Wildtriebe. Er schaffte auch Setzlinge von hybridem Zwergobst an und pflanzte sie an günstigen Stellen. Deren Früchte gediehen rasch, sie waren groß, von weichem und weißem, aber fast geruchlosem Fleisch. Ihr Geschmack war irgendwie wässrig. Ihre Süße erschien künstlich und gezuckert. Wenn man sie aß, entzog sich einem die Süße dieses Obstes, wie im Traum.

Gorki okus korijena zelene salate sadržava povijest mog ranog djetinjstva. U proljeće, po travnatim dijelovima vrta, sisali smo med iz sićušnih cvjetova mrtve koprive, smatrajući ga osobito hranjivim. Prostor iza naše kuće bio je razdijeljen plotovima. Svaki od tih odjeljaka imao je različitu namjenu. Ta stražnja dvorišta, obori i povrtnjaci pružali su našim istraživanjima neiscrpna prostranstva. Po natrulim plotovima punim rupa i zakrpa, između njihovih šiljatih vrhova, bijahu pozaticane i izložene krhotine zemljanih ćupova koji su nekada služili za kiseljenje mlijeka, napukle porculanske vaze ukrašene cvjetnim bareljefima, pozelenjele staklene krigle, stari proruplјeni lonci – čitava dragocjena arheologija preživjelih olupina iz prošlosti jednog seoskog gospodarstva.

Sasvim u dnu vrta, ispod kamara slame, pronalazimo sablasno bijele lubanje konja i krava, šupljikave kosti, ostatke koji su se iz svojih grobova na neki način vratili na površinu i sada leže obrasli travom, čudno provirujući kroz razglavljene plotove. Selo više nije imalo stočnog groblja. Malobrojne životinje koje su, zbog kakve iznenadne

Der bittere Geschmack der Wurzel des grünen Salates enthält die Geschichte meiner frühen Kindheit. Im Frühling saugten wir in den grasbewachsenen Teilen des Gartens aus den winzigen Blüten der Taubnessel Honig, den wir für besonders nahrhaft hielten.

Der Platz hinter unserem Haus war durch Stakets abgeteilt. Jedes dieser Abteile diente einem anderen Zweck. Diese hinteren Höfe, die Pferche und Gemüsegärten boten unseren Forschungen unerschöpflichen Raum. Auf dem morschen Staket, voller Löcher und geflickt, zwischen ihren ragenden Latten, staken und prangten Reste irdener Töpfe, die einst zum Ansetzen von Sauermilch gedient hatten, geborstene Porzellanvasen mit Blütenschmuck in Basrelief, grün angelaufene Glaskrüge, alte löchrige Töpfe – eine ganze wertvolle Archäologie geretteter Scherben aus der Vergangenheit einer dörflichen Hauswirtschaft.

Ganz am Ende des Gartens, unter einem Haufen Stroh, fanden wir die gespenstischen weißen Schädel von Pferden und Kühen, hohle Knochen, Relikte, die auf irgendeine Weise aus ihren Gräbern an die Erdoberfläche zurückgekehrt waren und jetzt von Gras überwuchert dalagen und seltsam durch das zerfallende Staket spähten. Das Dorf besaß keinen eigenen Viehfriedhof mehr. Die wenigen Tiere, die auf Grund einer plötz-

bolesti, ugibale prije no što bude otpremljene na klaonicu, pokapane su u dnu vrtova i u šljivicima. Poslije nekoliko godina spokojne smrti u zemlji, one se vraćaju među nas: pročišćene i izbijeljele, u obliku tih šupljih rogatih glava. Njihova smrt, opipljiva i tvrda poput kamenih kipova, postaje sastavnim dijelom naših života: bliska smrt, prikladna da posluži kao igračka u našim igrama. Kroz njihove razglavljene čeljusti govori nam prošlost našeg doma i naših predaka, možda i nas samih. Izjutra, u rosnoj sjenci jabuka i šljiva, nailazimo na razbacano perje neke nedavno postradale ptice, goluba, fazana ili kokoši. Hrpa nježnog paperja, razbacana velika pera sive ili crvenosmeđe boje svjedoče o grčevitoj noćašnjoj borbi. Žrtva je pružala ogorčen otpor prije nego što je očerupana i ugušena. Tko je bio napadač? Tko je bio taj okrutni i divni nasilnik? Pažljiv promatrač može lako razabrati je li posrijedi velika ušata sova (koja stanuje na štaglju) ili pak neka zubata noćna zvjerčica, lasica ili tvor. Bilo ovako ili onako, žrtva očito nije imala nikakvih izgleda, koliko god se

lichen Krankheit krepierten, bevor sie ins Schlachthaus gebracht werden konnten, wurden im hinteren Teil der Gärten und in den Pflaumenhainen verscharrt. Nach ein paar Jahren friedlichen Todes in der Erde kehrten sie unter uns zurück: gereinigt und gebleicht, in Form dieser hohlen gehörnten Köpfe. Ihr Tod, greifbar und hart wie steinerne Statuen, wurde zum Bestandteil unseres Lebens: ein vertrauter Tod, geeignet als Spielzeug bei unseren Spielen. Durch ihre zerfallenen Kiefer sprach die Vergangenheit unseres Hauses und unserer Vorfahren zu uns, vielleicht auch die von uns selbst.

Am Morgen, im tauigen Schatten der Apfel- und Pflaumenbäume, stoßen wir auf die herumliegenden Federn eines unlängst umgekommenen Vogels, einer Taube, eines Fasans oder eines Huhns. Der Haufen weichen Flaums, die zerstreuten großen Federn von grauer oder rotbrauner Farbe zeugen von krampfhaftem nächtlichem Kampf. Das Opfer hat erbitterten Widerstand geleistet, bevor es erwürgt und gerupft wurde. Wer war der Angreifer? Wer war der wilde und grausame Gewalttäter? Der aufmerksame Beobachter erkennt leicht, ob hier der große Uhu (der in der Scheune wohnt) am Werk war oder nur ein Nachträuber mit scharfen Zähnen, ein Wiesel oder ein Iltis. So oder so hatte das Opfer offensichtlich keine Chance, so ver-

očajnički otimala. Poražena je s temeljitom postupnošću koju ništa nije moglo omesti. Pogled na poprište bitke izaziva u meni neki nagonski, sladostrasni drhtaj. Moji najraniji osjećaji okrutnosti vezani su uz te očerupane i potom pożderane ptice: kako su slabi i glupi ti plašljivi golubovi i te debele kokoši! Naprotiv, napadač je zadobivao sve moje simpatije, naročito ako je riječ o jastrebu ili kopcu ptičaru. Zamišljao sam kako je biti poput ptice grabljivice: letjeti u oholim nedoglednim visinama, iznenada se obrušiti na žrtvu, pobijediti je i usmrtiti uživajući u otporu koji pruža jedino iz glupog nagonskog straha.

Moji nestašluci ponekad prelaze u mala zlodjela. Pritajen u vrtu, gladim hrbat svog psa kovrčave crne dlake. Na glas koji izvodim usnama, on juri ravno u susjedovo stražnje dvorište, puno kokoši i pataka. Sa svog mjesta u vrtu ne mogu dobro vidjeti što se događa jer je dvorište ograđeno. Sve što vidim jesu bučne eksplozije kokoši koje skaču u zrak s izbezumljenim kokodakanjem i lamatanjem krila. Dužinom čitava susjedovog dvorišta, moj pas trči i podiže oblak perja i prestravljene

zweifelt es sich auch gewehrt haben mochte. Es wurde mit fundamentaler, unabänderlicher Folgerichtigkeit besiegt. Der Blick auf den Ort der Schlacht ruft ein instinktives, süß empfundenes Erschauern hervor. Meine frühesten Grausamkeitsgefühle sind mit diesen gerupften und dann gefressenen Vögeln verbunden: Wie sind diese ängstlichen Tauben und diese dicken Hühner nur schwach und dumm! Im Gegenteil, der Angreifer genoß alle meine Sympathien, besonders wenn es sich um einen Habicht oder um einen Taubenstößer, einen Sperber, handelte. Ich stellte mir vor, wie es wäre, ein Raubvogel zu sein: in stolzen unermeßlichen Höhen zu fliegen, sich plötzlich auf sein Opfer herabzustürzen, es zu besiegen und zu töten und dabei den Widerstand zu genießen, den es lediglich aus dummer instinktiver Angst leistet. Meine Streiche überschritten manchmal die Grenze zu kleinen Untaten. Versteckt im Garten streichle ich den Rücken meines schwarzgekräuselten Hundes. Auf einen Laut hin, den ich mit den Lippen mache, rennt er direkt in den Hinterhof des Nachbarn, der voller Hühner und Enten ist. Von meinem Platz im Garten kann ich nicht genau sehen, was vor sich geht, denn der Hof ist umzäunt. Alles, was ich sehe, sind laute Explosionen von Hühnern, die mit wahnsinnigem Gackern und Flügelschlagen in die Luft springen. Den

peradi, kao što automobil koji ljeti juri kroz selo za sobom vitla oblak prašine. Nakon što isti pohod ponovi i u suprotnom smjeru, moj pas se vraća iz operacije neozlijeđen. Oči su mu zakrvavljene. Njuška se kupa u pjeni, oblijepljena bijelim paperjem.

Ipak, u mojoj mržnji prema kokošima nema kanibalske primjese: zbog nekog mutnog razloga, ja ne jedem meso peradi, i po tom sam pitanju nepopustljiv.

Živjeli smo okruženi životinjama. Za neke od njih smo se brinuli i smatrali ih svojim vlasništvom, druge su se same nastanjivale u pojedinim zakucima našeg posjeda imajući za to svoje razloge. Ispočetka smo držali nekoliko mačaka koje su redovito zasnivale legla mladunčadi. Kasnije je porastao broj pasa i između ove dvije vrste planula je iskonska nesnošljivost: psi su istisnuli mačke. Mačke su se razmiljele po susjedstvu, odakle su nas povremeno posjećivale, s krajnjim oprezom, tražeći okolne i skrovite putove prilaza.

Nailazile su godine kada bi se miševi ili štakori preko mjere namnožili. Zadatak mačaka bio je da

ganzen Nachbarhof rennt mein Hund der Länge nach hinunter und wirbelt eine Wolke aus Federn und erschrockenem Geflügel auf, so wie ein Automobil, das durchs Dorf rast und eine Staubwolke hinter sich zurückläßt. Nachdem er denselben Angriff auch in der Gegenrichtung wiederholt hat, kehrt mein Hund unversehrt von dieser Operation zurück. Seine Augen sind blutunterlaufen. Die Nüstern sind schaumgebadet und mit weißem Flaum verklebt.

Trotzdem gibt es in meinem Haß auf die Hühner gegenüber keine kannibalischen Beimischungen: Aus einem dunklen Grunde esse ich kein Geflügelfleisch, und in dieser Frage bin ich unnachgiebig.

Wir lebten von Tieren umgeben. Um manche von ihnen kümmerten wir uns und sahen in ihnen unser Eigentum, andere hatten nur Wohnung genommen in einzelnen Ecken unseres Besitzes und hatten dafür ihre Gründe. Von Anfang an hielten wir ein paar Katzen, die regelmäßig einen Wurf Junge in die Welt setzten. Später stieg die Anzahl der Hunde, und zwischen diesen beiden Gattungen entbrannte eine urtümliche Unduldsamkeit: Die Hunde vertrieben die Katzen. Die Katzen verkrochen sich in der Nachbarschaft, von wo aus sie uns hin und wieder besuchten, mit äußerster Vorsicht, wobei sie Umwege machten und verborgene Zugänge suchten.

mišju populaciju zadržavaju na podnošljivoj razini. U obračunavanju sa štakorima, psi su bili uspješniji. Nažalost, njihove mogućnosti kretanja ograničenije su od one u mačaka. Osim toga, za razliku od mačaka i štakora, psi noću spavaju, izmoreni dnevnim obvezama.

Na štaglju žive sove. U proljeće dobivaju podmladak. Nažalost, često se događalo da mlade sove ne uspiju odrasti. Jednom su od tri male sove iz gnijezda ispale dvije i poginule pri padu na beton. Kasnije je ispala i treća, ali je u međuvremenu donekle okrilatila pa je preživjela pad. Naš otac je navukao zaštitne radničke rukavice i vratio je na štagalj. Sova je pritom strašno šištala, izbuljenih velikih očiju, kostriješeći perje. Nijedna životinja nije tako savršeno oboružana kao ptica grabljivica: iz pernatog klupka strše oštri čaporci i kukasti kljun. Ona je sama svoje savršeno oružje. Štakorskoj napasti valjalo je zahvaljivati našu blagonaklonost prema sovama, tim štetočinama koje napadaju domaću perad. Štakori su noćni razbojnici, sove su njihovi noćni zatornici. Mudra kućan-

Es kamen Jahre übermäßiger Vermehrung von Ratten und Mäusen. Aufgabe der Katzen war es, die Mäusepopulation auf einem erträglichen Niveau zu halten. Bei der Abrechnung mit den Ratten waren die Hunde erfolgreicher. Leider sind ihre Bewegungsmöglichkeiten eingeschränkter als die der Katzen. Außerdem müssen Hunde, im Unterschied zu Katzen oder Ratten, von den Tagespflichten ermüdet nachts schlafen.
In der Scheune leben Eulen. Im Frühjahr bekommen sie Junge. Leider geschieht es oft, daß es den jungen Eulen nicht gelingt aufzuwachsen. Einmal fielen von drei kleinen Eulen zwei aus dem Nest und starben beim Aufprall auf den Beton. Später fiel auch die dritte hinaus, aber in der Zwischenzeit hatte sie schon halbwegs Flügel bekommen und überlebte so den Sturz. Unser Vater streifte sich Schutzhandschuhe über und trug den Vogel in die Scheune zurück. Die Eule zischte schrecklich dabei, wölbte die großen Augen und sträubte das Gefieder. Kein Tier ist so vollkommen bewaffnet wie dieser Raubvogel: Aus dem gefiederten Knäuel ragen scharfe Krallen und ein hakenförmiger Schnabel hervor. Dieser Vogel ist selbst seine beste Verteidigung.
Der Rattenplage war unsere Nachsicht mit den Eulen zu danken, diesen Schädlingen, die das heimische Geflügel anfallen. Ratten sind Nacht-

ska politika iziskuje da se ta dva prirodna neprijatelja suoče, kako bi se obostrano umanjila njihova škodljivost.

Nisam to još tako apstraktno shvaćao ali sam naslućivao da je svijet uređen po načelu suprotnosti. U to smo doba činili jedan lakomislen izbor: više smo voljeli baku Šumarovu nego baku Mušulinovu. (Tako smo zvali, prema seoskim pridjevima pojedinih obitelji, baku po ocu i baku po majci.) Baka Šumarova bila je sitna, bolešljiva ženica, koju je njen sin, naš otac, od milja uspoređivao s pticom (»moja majka sjedi u svom krevetu kao ptica u gnijezdu«). Glas joj je bio jednako tanak, neprestano kao na rubu plača; nikada ga nije podizala niti nas je ikada izgrdila; prema nama je pokazivala znake gotovo bolećive nježnosti, kadgod bismo je posjetili darivala nas je voćem iz svog vrta, ribizima, jagodama, kruškama, ili nam je pak slala neke jednostavne starinske kolače koje je sama ispekla, sve to u minijaturnim, »ptičjim« količinama. Bili smo ganuti tim malim zamotuljcima, koji su zorno utjelovljivali

räuber, die Eulen sind ihre nächtlichen Vertilger. Eine weise Hauspolitik zielt darauf ab, diese beiden natürlichen Feinde aufeinander treffen zu lassen, damit sich ihre Schädlichkeit gegenseitig verringert.

Ich hatte es noch nicht so abstrakt begriffen, aber ich ahnte, daß die Welt nach dem Prinzip der Gegensätze eingerichtet war. In dieser Zeit trafen wir eine leichtfertige Wahl: Unsere Liebe galt mehr der Šumar-Oma als der Mušulin-Oma. (So nannten wir, nach den dörflichen Beinamen der einzelnen Familien, die Großmutter väterlicherseits und die Großmutter mütterlicherseits.) Die Šumar-Oma war ein kleines, kränkliches Weiblein, die von ihrem Sohn, unserem Vater, liebevoll mit einem Vogel verglichen wurde (»meine Mutter sitzt in ihrem Bett wie ein Vogel im Nest«). Ihre Stimme war gleichmäßig dünn, ständig dem Weinen nahe; es kam niemals vor, daß sie sie erhoben oder daß sie uns irgendwann einmal ausgeschimpft hätte; uns gegenüber zeigte sie eine fast krankhafte Zärtlichkeit, wann immer wir sie besuchten, beschenkte sie uns mit Obst aus ihrem Garten, Johannisbeeren, Erdbeeren, Birnen, oder sie schickte uns einfache Kekse nach altem Rezept, die sie selbst gebacken hatte, alles das in miniaturhaften »Vogelportionen«. Wir waren gerührt von diesen kleinen Päckchen, die so an-

njenu ljubav prema nama. Možda je u ljubavi kojom smo joj uzvraćali bilo i pomalo samilosti: neodređeno smo osjećali da smo mi potrebniji njoj nego ona nama.

Za razliku od nje, baka Mušulinova bila je stasita, samouvjerena žena gotovo gromka glasa, koja se nije ustručavala da nas, ako zatreba, grdnjama ili svojim čvrstim rukama dovede u red. U njoj nije bilo ničeg hipohondarskog; naprotiv, njena snažna priroda bila je kao stvorena da se hrva s neprilikama života, koji joj nije bio osobito naklonjen. Bila je stroga ali pravedna. Nije nam mogla oprostiti nemar ili lijenost, ali je zato za svaki plod naše marljivosti nalazila velikodušne riječi pohvale. Bila je rječita, i po tome su je znali u većem dijelu sela. Javni govornički nastupi u ime skupine istomišljenika, u različitim crkvenim ili drugim javnim prigodama, nisu joj značili nikakav problem. Ona nije osjećala potrebu da sitnim darovima neprestano zadobiva našu naklonost. Nije žudjela za bolećivom nježnošću, svakodnevnim umiljavanjem, ili bar nije smatrala potrebnim da to po-

schaulich ihre Liebe zu uns verkörperten. Vielleicht war in der Liebe, die wir ihr erwiderten, auch ein wenig Mitleid: Wir hatten das unbestimmte Gefühl, daß sie uns mehr brauchte als wir sie.
Im Unterschied zu ihr war die Mušulin-Oma eine hochgewachsene, selbstbewußte Frau mit fast donnernder Stimme, die nicht zögerte, uns, falls erforderlich, mit Rüge oder fester Hand zur Ordnung zu rufen. Sie hat nichts Hypochondrisches an sich; im Gegenteil, ihre starke Natur war wie geschaffen, mit der Unbill des Lebens, das ihr nicht besonders zugeneigt war, zu ringen. Sie war streng, aber gerecht. Nachlässigkeit oder Faulheit konnte sie uns nicht verzeihen, aber für jede Frucht unseres Fleißes fand sie großmütiges Lob. Sie war beredt, und mit dieser Eigenschaft war sie im Dorf weithin bekannt. Öffentliche rhetorische Auftritte im Namen einer Gruppe Gleichgesinnter, in verschiedenen kirchlichen oder sonstigen öffentlichen Angelegenheiten, bedeuteten für sie kein Problem. Sie empfand nicht das Bedürfnis, mit kleinen Geschenken unablässig um unsere Zuneigung zu werben. Sie verzehrte sich nicht nach kränklicher Zärtlichkeit, nach täglichem Einschmeicheln, oder sie hielt es zumindest nicht für nötig, es zu zeigen. Wir waren allzu kurzsichtig, zu sehr mit uns selbst beschäftigt, um hinter der strengen Haltung ihre ganze Güte zu erkennen.

kazuje. Mi smo bili suviše kratkovidni, suviše obuzeti sobom, da bismo iza strogog držanja razabrali svu njenu dobrotu. U pamćenju mi se mota jedna zgoda koja se odigrala nekoliko godina pred njenu smrt. Bio je vruć ljetni dan i ja sam se po nekom poslu nalazio kod ujaka. Preko dvorišta pokritog opekom dogegala se baka, mučena kostoboljom, noseći u rukama dva peciva s makom, zaostala od nedjelje. Ja sam ih primio, ali ih nisam mogao jesti, što zbog vreline dana, što zbog zazora od tog ostarjelog kolača, koji mi je k tomu donesen u rukama, a ne, kako bi iziskivala higijenska osjetljivost, ponuđen na pladnju ... Držao sam peciva u rukama, dok me baka nekoliko puta uzalud nutkala. U blizini se vrzmao ujak. Na trenutak je zastao, primijetio peciva, shvatio moju nelagodu. »Šta si donila te kifle,« doviknuo je baki, dok su mu usta kipjela grubim izrazima, »Tko ih može jesti, jel' ne vidiš da su se otegnile ko mačinci ...« (Kao i uvijek, u ujakovim je prostotama bilo neke duhovitosti koja je čovjeka tjerala da prasne u smijeh: tako je bilo i s ovom besramnom uspo-

In meiner Erinnerung spult sich eine Geschichte ab, die sich ein paar Jahre vor ihrem Tod abgespielt hat. Es war ein heißer Sommertag, und ich war in irgendeiner Angelegenheit bei meinem Onkel. Über den mit Ziegelstein belegten Hof watschelte die Oma heran, von Knochenschmerzen gequält, in den Händen trug sie zwei Stück Gebäck mit Mohn, die vom Sonntag übriggeblieben waren. Ich nahm sie entgegen, aber ich konnte sie nicht essen, zum einen wegen der Hitze des Tages, zum anderen wegen des Widerwillens gegen diese alten Kuchen, die mir zudem in der Hand gebracht und nicht, wie es die hygienische Empfindlichkeit erfordert hätte, auf einem Tablett angeboten wurden … Ich hielt das Gebäck in den Händen, während mich Oma ein paar Mal vergebens aufforderte es zu essen. Ganz in der Nähe strich der Onkel herum. Für einen Moment blieb er stehen, bemerkte das Gebäck, begriff mein Unwohlsein. »Warum hast du diese Kipfel angebracht«, rief er der Oma zu, während sein Mund sich von den groben Ausdrücken verzog, »Wer soll das essen, siehst du denn nicht, daß sie sich ziehen wie Katzenbohnen …« (Wie immer gab es in Onkels Bosheiten manches Geistreiche, das einen zum Lachen brachte. So war es auch mit diesem schamlosen Vergleich des Gebäcks mit »Katzenbohnen«, d. h. mit Katzendreck.) Im nächsten Moment riß mir der Onkel

redbom peciva s »mačincima«, tj. mačjim izmetinama.) Sljedećeg časa ujak je zgrabio kifle iz mojih ruku i zavitlao ih preko dvorišta, prema kutu u kojem se zadržavaju psi. Baka je nešto zaustila, ali ju je glas izdao. Neki trzaj joj je preletio licem, samo za trenutak; činilo se da je nije odviše zaboljela gruba šala tog sina koji ju je zauvijek iznevjerio i od kojeg je davno digla ruke.

Ali tko može dokučiti bol što ga poniženje nanosi snažnim bićima, bol s kojom se ne može usporediti ona sladogorka bol, što je poznaju slaba stvorenja navikla na poraz? Kasnije sam shvatio, s užasom, da je moguća ta suspregnuta bol koja se ne objavljuje suzama, koja se ne da očitati iz izražaja lica ... Zatočena, nepriznata patnja bića kojemu smo u svojoj okrutnoj lakomislenosti odrekli sposobnost patnje.Ponekad bih se probudio i ležeći u krevetu razmišljao o smrti. Činjenica da ću jednoga dana, ma kako dalekog, biti mrtav, da ću zauvijek napustiti sve ljude i predmete iz svoje okolice, ta me se činjenica vrlo mučno doimala. Gledao sam meso svojih ruku i mislio: ovo će meso jednog dana strunuti. Neka jeza prolazila

die Kipfel aus den Händen und schleuderte sie quer über den Hof in die Ecke, wo sich die Hunde aufhielten. Großmutter wollte etwas von sich geben, aber die Stimme hatte sie verlassen. Ein Zucken überflog ihr Gesicht, nur für einen Moment; es schien, als würde der grobe Scherz ihres Sohnes, der sie durch und durch enttäuscht und von dem sie längst die Hände gehoben hatte, nicht allzu sehr schmerzen.

Aber wer kann den Schmerz ermessen, den Erniedrigung starken Wesen zufügen kann, einen Schmerz, der sich nicht mit jenem bittersüßen Schmerz vergleichen läßt, den schwache Geschöpfe kennen, die Niederlagen gewöhnt sind? Später begriff ich voller Entsetzen, daß ein solcher unterdrückter Schmerz möglich ist, der sich nicht in Tränen äußert, der sich nicht am Gesichtsausdruck ablesen läßt ... Das unterdrückte, uneingestandene Leiden eines Wesens, dem wir in unserem grausamen Leichtsinn die Fähigkeit des Leidens abgesprochen haben. Manchmal wachte ich auf und dachte im Bett liegend über den Tod nach. Die Tatsache, daß ich eines Tages, und sei er noch so fern, tot sein würde, daß ich für immer alle Menschen und Gegenstände in meiner Umgebung verlassen würde, diese Tatsache verursachte mir große Qual. Ich betrachtete das Fleisch meiner Hände und dachte: Dieses Fleisch

me od te spoznaje. Njena izvjesnost nije ostavljala nikakva mjesta sumnji, nikakava utočišta za nadu. Od početka sam shvatio da nemam nikakvih izgleda. Osjećaj nemoći i poraza bio je tako potpun da sam u njemu pronalazio, s onu stranu straha i boli, neku sveobuhvatnu utjehu. Sklapao bih oči i ležao nauznak, bez ijedne kretnje, kao što na odru leže mrtvaci. Zamišljao sam da sam već umro, da sam izložen pogledima drugih, sám ne osjećajući i ne znajući ništa. Svijet koji živi dalje, zaokupljen sobom, bez mene, zauvijek.

wird eines Tages verwesen. Zorn überkam mich bei dieser Erkenntnis. Ihre Unabänderlichkeit ließ keinerlei Platz für den Zweifel, keinerlei Zuflucht für die Hoffnung. Von Anfang an begriff ich, daß ich keine Chance hatte. Das Gefühl der Schwäche und Niederlage war so vollständig, daß ich in ihm, jenseits von Angst und Schmerz, einen alles umfassenden Trost fand. Ich schloß die Augen und lag da auf dem Rücken, ohne jede Bewegung, so wie die Toten auf der Bahre liegen. Ich stellte mir vor, ich wäre schon gestorben, ich wäre den Blicken der anderen ausgesetzt, ohne selbst etwas zu empfinden und etwas zu wissen. Die Welt lebte weiter, mit sich selbst beschäftigt, ohne mich, für immer.

III.

Nakon što bi prošao Uskrs sa svojim svečanostima, kao da je bila probijena posljednja barijera prema velikim prostranstvima ljeta. Dok se nalazio na obzoru, Uskrs nam je zaklanjao svaki dalji vidik: taj veliki blagdan bio je kao neka posljednja granica, najdalji međaš zimskog razdoblja; on nas je zatvarao u zimu, i sve dok ga ne bismo napokon prevalili, mi nismo mogli izaći iz nje.
Dani su se naočigled produživali. Hrabro smo ulazili u to svijetlo prostranstvo ispunjeno snažnim doživljajima, putovanjima ravnicom, pothvatima kojima je potrebno mnogo prostora. Ubrzano smo se pripremali da budemo na visini skorašnjih izazova, tih iz godine u godinu sve težih i sve brojnijih zadataka. Naša stada već su osvajala ravnicu. Mi smo ih predvodili ili im držali zalaznicu; vremena za oklijevanje nije bilo; razdoblje novih pohoda, seoba naroda i nomada, već je počelo.
Gotovo preko noći, bio sam promaknut u tu uzbudljivu kastu, govedare. U početku sam samo pravio društvo svome ocu, koji je s lakoćom nad-

III.

Wenn Ostern mit seinen Feiern vorüber war, war es, als wäre die letzte Barriere vor den großen Weiten des Sommers durchstoßen. Solange sich Ostern am Horizont befand, verstellte es uns jede Fernsicht: Dieser große Feiertag war etwas wie eine letzte Grenze, die längste Grenzscheide der Winterzeit; Ostern hatte uns in den Winter eingesperrt, und solange wir es nicht endlich überwunden hatten, konnten wir nicht heraus.

Die Tage wurden zusehends länger. Tapfer betraten wir diese helle Weite, die von starken Erlebnissen erfüllt war, von Reisen in der Ebene, von Unternehmungen, für die es viel Raum bedurfte. Rasch bereiteten wir uns darauf vor, den bevorstehenden Herausforderungen gewachsen zu sein, den von Jahr zu Jahr immer schwereren und immer zahlreicheren Aufgaben. Unsere Herden hatten schon die Ebene erobert. Wir führten sie an oder sicherten die Nachhut; Zeit zum Zögern gab es nicht; die Epoche neuer Züge, Völker- und Nomadenwanderungen, hatte schon begonnen.

Fast über Nacht wurde ich in die aufregende Kaste der Rinderhirten befördert. Anfangs leistete ich nur meinem Vater Gesellschaft, der unsere Herde von zehn Kühen mit Leichtigkeit beaufsichtigte und für sie immer die beste Weide fand,

zirao naše stado od deset krava i za nj pronalazio najbolju ispašu, često u udaljenim dijelovima seoskog atara. Razrogačenih očiju, slijedio sam oca i krave, slušao kako se psima izdaju naredbe, pamtio zabačene poljske putove koji su išli od jednog do drugog pašnjaka. Najudaljenija točka do koje smo dopirali bila je jedna ledina okružena sa svih strana šumom, i uz čiji je rub tekao povelik potok. Potok je nešto više nas zalazio u šumu, i ja sam umišljao da dolazi iz tajnovite, neistražene daljine. Šuma s druge strane potoka izgledala mi je kao početak još nepoznatih predjela svijeta. Mjestimice su u skupinama rasle velike bijele topole čije lišće neprekidno šumori. Zaneseno sam trčao obalom potoka kao da želim rastjerati nevjericu u pogledu zbiljskosti svega što me okruživalo: činilo mi se da sam stupio u svijet iz snova, i da ću se svakog časa probuditi.

Na pašnjaku uz šumu bilo bilo je i drugih pastira, dvojica starih svinjara. Njihove su se svinje razišle po okolnom grmlju, ali njih nije zabrinjavalo što ih ne drže na oku. Dok je otac razgovarao s njima, ja sam trčkarao amo-tamo i pazio da sve krave

oft in entfernten Teilen der dörflichen Allmende. Mit weit aufgerissenen Augen folgte ich dem Vater und den Kühen, hörte zu, wie man den Hunden Befehle erteilte, merkte mir versteckte Feldwege, die von einer Weide zur anderen führten. Der entfernteste Punkt, an den wir gelangten, war ein Brachfeld, das von allen Seiten von Wald umstanden war und an dessen Rand ein größerer Bach floß. Der Bach verschwand etwas oberhalb von uns im Wald, und ich stellte mir vor, er käme aus einer geheimnisvollen unerforschten Ferne. Der Wald jenseits des Baches erschien mir wie das Tor zu noch unbekannten Landschaften der Welt. Hier und da wuchsen Gruppen großer weißer Pappeln, deren Laub ununterbrochen raschelte. Beseligt lief ich am Bachufer entlang, als wollte ich meinen Zweifel zerstreuen beim Anblick der Faktizität all dessen, was mich umgab: Mir schien, als wäre ich in eine Welt aus Träumen getreten und würde jeden Moment erwachen.
Auf der Weide am Wald gab es auch andere Hirten, zwei ältere Schweinehüter. Ihre Schweine waren ins umliegende Gebüsch ausgeschwärmt, aber es kümmerte sie nicht, daß sie sie nicht im Auge hatten. Während mein Vater mit ihnen sprach, lief ich hierhin und dorthin und paßte auf, daß alle Kühe zusammenblieben. Später setzten wir unseren Weg. Während wir durch Saatfelder wei-

budu na okupu. Kasnije smo krenuli dalje. Dok napredujemo kroz polja usjeva, iznad nas prelijeću šumne eskadrile ševa i nestaju u okolnim kukuruzima.Na sljedećem smo pašnjaku naišli na stado tuđih krava. Krave su odjednom otkrile svoju ratobornu narav, postrojile se u bojne redove i s krajnje neprijateljskim držanjem, mrgodna pogleda, mjerile one iz suprotnog stada. Nekoliko najbezočnijih jurnulo je u koštac i u tren oka razvili su se dvoboji. Napetih mišica i strašno nagnute jedna prema drugoj, pokušavale su se odgurnuti čelima. Rogovi im se pritom prepleću i zvonko sudaraju. Zemlja pršti pod nogama, koje grčevito traže čvršći oslonac. Na koncu bi jedna bila potisnuta, i pobjednica je dolazila u priliku da joj rogovima probode bok. Srećom, do pokolja ipak nije dolazilo jer su se pobjednice zadovoljavale simboličkom pobjedom u ritualnom odgurivanju glavama. Sa zadovoljstvom sam promotrio te dramačne prizore borbe. Naše su krave bile krupnije i na brzinu su odnijele nekoliko pobjeda. Pastiru protivničkog stada nije preostalo drugo do da stane na sredinu i uvede primirje.

terzogen, überflogen uns laute Lerchenschwärme und verschwanden in den benachbarten Maisfeldern.
Auf der nächsten Weide stießen wir auf eine Herde fremder Kühe. Die Tiere entdeckten plötzlich ihre kriegerische Natur, sie stellten sich in Kampfformation auf und maßen jene von der gegnerischen Herde in äußerst feindlicher Haltung mit finsterem Blick. Die frechsten stürmten zum Angriff vor, und im Nu hatten sich Zweikämpfe entwickelt. Mit angespannten Muskeln und sich gegenseitig schrecklich bedrängend, versuchten sie einander mit den Stirnen wegzudrücken. Dabei verhakten sich ihre Hörner und prallten klingend aufeinander. Die Erde spritzte weg unter den Hufen, die krampfhaft festeren Halt suchten. Am Ende war eine zurückgedrängt, und die Siegerin bekam die Gelegenheit, ihr mit den Hörnern in die Flanke zu stechen. Zum Glück kam es nicht zum Massaker, denn die Siegerinnen begnügten sich beim rituellen Abdrängen mit dem Kopf mit einem symbolischen Sieg. Voller Zufriedenheit beobachtete ich diese dramatischen Kampfszenen. Unsere Kühe waren größer und trugen rasch mehrere Siege davon. Dem Hirten der gegnerischen Herde blieb nichts anderes übrig, als sich in die Mitte zu stellen und Waffenstillstand zu schließen.

Nastavili smo prelaziti s pašnjaka na pašnjak. Nisam ni opazio da smo pritom napravili veliki krug i vratili se kući sa suprotne strane. Moj otac je bio iskusan govedar i napasanje desetak simentalskih krava, tromih rumenih i žutih krava, nije mu značilo osobit izazov. Godine svoje mladosti on je proveo čuvajući stado svog oca, stado podolskih goveda golemih rogova, krave, bikove i junad zajedno. Vižlasta podolska goveda kadra su, gotovo poput jelena, prijeći desetine kilometara na dan. Bez predaha su krstarila šumom. Gonič je cijelog dana bio na nogama. Podolska goveda, koja vuku podrijetlo iz južne Rusije i pripadaju najstarijoj rasi goveda na svijetu, danas su samo nepovratna prošlost.

Nostalgično sam slušao priče o nekadašnjem životu govedara. Naše sadašnje stado nikada nije prelazilo deset krava. U polju bi se združilo sa stričevim i tada se udvostručavalo. U početku je stričeve krave čuvala strina; ja sam se držao uz nju jer mi je još uvijek bilo potrebno da ogromnu odgovornost za stado podijelim s nekim odraslim. Svijet polja još mi se uvijek nije činio dovoljno

Wir zogen weiter von Weide zu Weide. Ich hatte nicht bemerkt, daß wir dabei einen großen Kreis beschrieben hatten und von der gegenüberliegenden Seite nach Hause zurückgekehrt waren. Mein Vater war ein erfahrener Rinderhirte, und das Hüten von einem Dutzend Simmentalerkühe, trägen roten und gelben Tieren, bedeutete für ihn keine besondere Herausforderung. Seine Jugendjahre hatte er damit verbracht, die Herde seines Vaters zu hüten, eine Herde podolischer Rinder mit riesigen Hörnern, Kühe, Stiere und Kälber gemeinsam. Die beweglichen podolischen Rinder sind fast wie die Hirsche in der Lage, zig Kilometer am Tag zurückzulegen. Ohne Unterlaß durchkreuzten sie den Wald. Der Hüter war den ganzen Tag auf den Beinen. Die aus Südrußland stammenden und der ältesten Rinderrasse der Welt angehörenden podolischen Rinder sind heute unwiederbringliche Vergangenheit.

XVoller Nostalgie lauschte ich den Erzählungen vom einstigen Leben der Rinderhirten. Unsere jetzige Herde überstieg nie zehn Kühe. Auf dem Feld vereinigte sie sich mit der des Onkels, dadurch verdoppelte sie sich. Am Anfang war es die Tante, die Onkels Kühe hütete; ich hielt mich an sie, denn ich mußte die riesige Verantwortung für die Herde noch immer mit einem Erwachsenen teilen. Die Welt der Felder erschien mir noch

prijateljskim da bih se usudio u njemu osamiti. Rascvale stabljike hudoljetnice nadvisivale su me rastom: morao sam skakati kako bih uočio kretanje krava. Neprestano sam ih prebrojavao, u strahu da koju ne izgubim; za to vrijeme, moja strina sjedi baveći se pletivom ili čitajući »pisane romane« koji se kupuju na kioscima. U podne, ona raskriljuje na tratini čistu kuhinjsku krpu i mi prilažemo svak svoj udio zajedničkom ručku: kuhano jaje, komadić kobasice, rajčice i papriku, kruh. Što se tiče vode, na jednom od pašnjaka nalazio se stari bunar čija je voda bila pitka; ali kada smo se nalazili podalje od tog bunara, morali smo se drukčije snalaziti. Imali smo na raspolaganju ono čudnovato stablasto bilje bodljikavih listova, u čijim se naborima skuplja kišna voda: strina me poučila da se to zove »ptičji bunar«, što me je dodatno oraspoložilo. Bila je to slatkasta, topla voda, ustajala i često puna sićušnih kukaca, osim poslije kiše kada je zakratko bivala svježa i hladna.

Kad bi se strina pridigla na noge i stala prikupljati svoje stvari, njeni bi psi (a bilo ih je uvijek tri-

immer nicht freundlich genug gesinnt, als daß ich es gewagt hätte, mich dort allein aufzuhalten. Die erblühten Stengel des Flohkrautes überragten mich: ich mußte hüpfen, um die Bewegung der Kühe verfolgen zu können. Unaufhörlich zählte ich nach, in der Angst, eine zu verlieren; während dieser Zeit saß meine Tante da und beschäftigte sich mit Stricken oder mit dem Lesen von »geschriebenen Romanen«, die am Kiosk verkauft wurden. Zu Mittag breitete sie auf der Lichtung ein sauberes Küchentuch aus, und jeder von uns legte seinen Beitrag zum gemeinsamen Mittagessen dazu: ein gekochtes Ei, ein Stück Wurst, Tomaten und eine Paprika, Brot. Was das Wasser betraf, so befand sich auf einer der Weiden ein alter Brunnen, dessen Wasser trinkbar war; aber wenn wir uns weiter entfernt von diesem Brunnen befanden, mußten wir uns anders zurechtfinden. Uns stand so eine seltsame langstielige Pflanze mit stechenden Blättern zur Verfügung, in deren Falten sich das Regenwasser sammelte: Die Tante lehrte mich auch ihren Namen: »Vogelbrunnen«, was mir zusätzliche Freude bereitete. Das Wasser war süßlich, warm, abgestanden und oft voller winziger Käfer, außer nach einem Regen, dann war es für kurze Zeit frisch und kühl.

Wenn die Tante hochkam und anfing ihre Sachen zusammenzusammeln, begannen ihre Hunde (es

četiri) počeli zaglušno lajati. Neskriveno su se radovali povratku kući. Dok se sunce naginje k zapadu, mi okrećemo krave prema kraju pašnjaka i one polako izlaze na put koji vodi kući. Strina bi tada glasno zapjevala pjesmu od koje sam upamtio samo ovaj rimovani stih:

»Bliže kraju, idemo domaju!«

Možda i nije bilo drugih stihova osim toga. Malo-pomalo, pod dodatnim utjecajem svoje lektire, počeo sam maštati o tome da živim u neko davno doba,kada su mnoge obitelji živjele pod zajedničkim krovom, djeca bila okružena ženama u dugim starinskim suknjama, koje poslovahu po kući, a svaki dan imao u sebi nešto svečano, neki blagdanski dah dalekih putovanja i radosnih povrataka s njih. Kada smo pri zalasku sunca razdvajali krave, da se svatko uputi na svoju stranu, bilo je u tome nekog kidanja prastarih veza, iznevjerenih nada, daha svečanosti na koje nećemo stići, odjeka glazbe koju vjetar raznosi …

Moj osjećaj za stvarnost već je bio opasno narušen. Romantične priče o poganskim vremenima, maštovite obrade iz povijesti Starih Slavena, koje

waren immer drei, vier) ein ohrenbetäubendes Gebell. Unverhohlen freuten sie sich auf die Rückkehr nach Hause. Wenn die Sonne sich nach Westen neigte, wendeten wir die Kühe zum Weidenrain, und sie trotteten langsam den Weg hinunter, der nach Hause führte. Dann stimmte die Tante laut ein Lied an, von dem ich mir nur diesen einen Reim gemerkt habe:

»Das Weiden ist aus, wir gehen nach Haus!«

Vielleicht gab es auch keine anderen Verse außer diesem. Allmählich fing ich unter dem zusätzlichen Einfluß meiner Lektüre an davon zu träumen, in einer fernen Zeit zu leben, als noch zahlreiche Familien unter einem gemeinsamen Dach lebten, als die Kinder im Haus von geschäftigen Frauen in langen altertümlichen Röcken umgeben waren und jeder Tag etwas Festliches an sich hatte, einen Feiertagshauch von fernen Reisen und freudiger Rückkehr. Wenn wir bei Sonnenuntergang die Kühe trennten, damit jede in ihre Richtung ging, war darin etwas vom Aufheben uralter Bindungen, von preisgegebenen Hoffnungen, vom Hauch jener Feier, die wir nicht besuchen würden, vom Echo einer Musik, die der Wind davontrug …

Mein Gefühl für die Wirklichkeit hatte schon gefährliche Risse bekommen. Die romantischen Geschichten aus heidnischen Zeiten, die phantasievollen Bearbeitungen aus der Geschichte der

sam u to doba već bio pročitao, ubrizgale su mi u krv taj otrov izmišljenih svjetova, nedostižnih zemalja s onu stranu oblaka.

Kasnije su strinu kod stada zamijenila moja polubraća. Brzo smo stjecali iskustvo u tom poslu. Svakodnevno smo gonili naše stado od dvadeset krava ravnim poljskim putem, bijelim od prašine i obrubljenim velikim listovima repuha. Dan se u ravnici okretao polako, jednolično, od početka do kraja, bez mogućnosti iznenađenja. U podne, kada zrak tamni od vreline, odlazili smo na blatnjavi potok, obrastao grmljem. Dok krave piju, nad njima kruže obadi i muhe u strelovitom, zamršenom letu. Tajanstveno ime *konjske smrti* unosi blagi drhtaj jeze u ljetnu podnevnu zaparu. Iznenadan hladni znoj.

Brežnica je mala nizinska rijeka koja vijuga ravnicom. U proljeće i u jesen, njena voda je duboka, mutna, žutozelene boje. Krave se tada skanjuju zagaziti u nju. Piju s obale, pazeći da se ne poskliznu i ne stropoštaju u vodu. Dok je stado na vodi, žabe šute. Kada se krave napoje, i pošto smo

alten Slawen, die ich zu dieser Zeit schon gelesen hatte, hatten mir das Gift erfundener Welten, unerreichbarer Länder jenseits der Wolken injiziert. Später wurde die Tante von meinen Halbbrüdern bei der Herde abgelöst. Rasch machten wir unsere Erfahrung bei diesem Geschäft. Täglich trieben wir unsere Herde von zwanzig Kühen über den ebenen Feldweg, der vom Staub weiß und von großen Lattichblättern gesäumt war. In der Ebene drehte sich der Tag langsam, vom Anfang bis zum Ende einförmig, ohne die Möglichkeit einer Überraschung. Zu Mittag, wenn die Luft vor sengender Hitze dunkelte, gingen wir an den schmutzigen, von Buschwerk überwachsenen Bach. Während die Kühe tranken, kreisten Bremsen und Fliegen in wirrem, pfeilschnellem Flug über ihnen. Der geheimnisvolle Name *Pferdetod* brachte ein mildzorniges Erschauern in die mittägliche Sommerschwüle. Plötzlichen kalten Schweiß.

Die Brežnica ist ein kleiner Tieflandfluß, der sich durch die Ebene windet. Im Frühjahr und im Herbst ist ihr Wasser tief, trüb, von grüngelber Farbe. Dann zögern die Kühe hineinzuwaten. Sie trinken vom Ufer aus und achten darauf, nicht abzurutschen und ins Wasser zu stürzen. Solange die Herde am Wasser ist, schweigen die Frösche. Wenn sich die Kühe satt getrunken und wir uns genügend weit entfernt haben, fahren die Frösche

se dovoljno udaljili, žabe u Brežnici nastavljaju svoj zaglušni koncert, kao pobješnjele.

Golemi nebeski svod, načinjen od najčistije modrine, diže se od jednog do drugog obzora. Jedino naokolo, nisko nad obzorom, lebde bijeli oblaci, odozdo modrosivo osjenčeni.

U to doba, ljetni dan trajao je dugo, bez predaha. Bio je nepregledan poput ravnice. Vrlo rijetko bi njegov tijek poremetila oluja. Mi smo sa stadom prelazili s jednog pašnjaka na drugi. Bili su to zapravo neobrađeni komadi zemlje, s proljeća pokriveni niskom vodom, kasnije obrasli dračem i bodljikavim žbunjem. Ti pusti pašnjaci bili su razbacani tu i tamo između zasijanih njiva, obično zatureni negdje na kraju poljskog puteljka, skriveni u šumarcima i grmlju. Nama su izgledali poput različitih zemalja, koje smo u svom nomadskom pohodu prelazili u toku jednog ljetnog dana.

Svaki od tih podivljalih pašnjaka imao je vlastito ime. Svaki je bio pokriven osobitim raslinjem, na svakom su prevladavale druge biljne vrste: na Lizovici kupine i slatke ostruge čiji sok ima tamnu

der Brežnica wie wahnsinnig geworden mit ihrem ohrenbetäubendem Konzert fort.
Das riesige Himmelsgewölbe, aus reinster Bläue gemacht, erstreckt sich von einem Horizont zum anderen. Lediglich ringsum, niedrig über dem Horizont, schweben weiße, von unten blaugrau verschattete Wolken.
Zu jener Zeit dauerte der Sommertag lange, ohne Unterlaß. Er war unabsehbar wie die Ebene. Sehr selten wurde sein Verlauf von einem Gewitter gestört. Wir wechselten mit der Herde von einer Weide zur anderen. Eigentlich waren das brachliegende Stücke Land, im Frühjahr von flachem Wasser bedeckt, später von Unkraut und stacheligem Buschwerk überwachsen. Diese öden Weiden lagen zerstreut hier und da zwischen besäten Äkkern, gewöhnlich irgendwo am Ende eines Feldweges, versteckt, verborgen in kleinen Wäldchen und Buschwerk. Uns erschienen sie wie unterschiedliche Länder, die wir auf unserem Nomadenzug im Verlauf eines Sommertages durchwanderten.
Jede dieser verwilderten Weiden hatte ihren eigenen Namen. Jede war von eigenem Gewächs bedeckt, auf jeder überwogen andere Pflanzenarten: auf der Lizovica süße Brombeeren, deren Saft die dunkle Farbe von Blut hatte und in deren dichten Ranken sich unsere nackten Füße in den Pantoffeln verfingen; auf Selce hohes Flohkraut mit Blüten

boju krvi, i u čije su se guste vriježe zaplitale naše gole noge u patikama; na Selcu visoke hudoljetnice s cvjetovima nalik tratinčici; na Stupišću različite grahorice sa svojim hranjivim mahunama; na Zvrtku divlje jagode, one sitne i mirisave poljske jagode koje smo zobali kao ptice, vrele od sunca, ili još radije tek oprane kišom. Ponekad smo zalazili u sjenku šume. Šuma se ispunjavala jekom naših povika. Glasovi su zamirali u njenim tamnim njedrima. Uske prosjeke povremeno su otvarale pogled u maglovitu, plavkastu daljinu. Nad njom su bdjele lovačke čeke od potamnjele hrastovine, stojeći na krivudavim nogama. Mjestimice se šuma zgušnjavala, paprat je bujala i lišće bilo vlažno, kao da se znoji: činilo se da bi napredovati dalje značilo izvrgnuti se pogibli, propasti u skriven, mračan ponor. Negdje posve blizu žuborio je nevidljivi potok, probijajući se kroz nakupine mrtvog lišća i otpalog granja. Iznenada bi poletjela ptica, zaplićući krilima u krošnjama stabala. Visoko gore iznad šume kliktao je jastreb.

Izbijali smo na sunčane proplanke, obrasle visokom travom. Kadšto bi polovina neba naglo po-

ähnlich den Gänseblümchen; auf Stupišće verschiedene Wicken mit ihren nahrhaften Schoten; auf Zvrtko wilde Erdbeeren, jene kleinen und duftenden Walderdbeeren, die wir wie die Vögel naschten, heiß von der Sonne und noch lieber gerade vom Regen gewaschen.
Manchmal gingen wir auch in den Schatten des Waldes. Der Wald hallte wider von unseren Rufen. Die Stimmen erstarben an seinem dunklen Busen. Schmale Schneisen eröffneten mitunter den Blick in eine neblige bläuliche Ferne. Darüber warteten Hochsitze aus gedunkelten Eichenbohlen auf schiefen Stelzen. Stellenweise war der Wald verfilzt, das Farnkraut trieb üppig, und das Laub war feucht, als würde es schwitzen: Weiterzugehen schien zu bedeuten, sich einer Gefahr auszusetzen, in einen verborgenen finsteren Abgrund zu stürzen. Irgendwo ganz in der Nähe rauschte ein unsichtbarer Bach, der sich den Weg durch Ansammlungen toten Laubs und abgefallener Zweige bahnte. Plötzlich flog ein Vogel auf und streifte mit den Flügeln die Wipfel der Bäume. Hoch über dem Wald stieß der Habicht seinen Schrei aus.
Wir kamen auf sonnige Lichtungen, die von hohem Gras bewachsen waren. Manchmal wurde der halbe Himmel plötzlich dunkel, dicker Regen begann auf das Laub zu prasseln: Die Sonne fuhr fort zu scheinen. Im Nu bekam die Welt eine urtüm-

tamnjela, krupna kiša stala bi bubnjati po lišću: sunce je nastavljalo sjati. Svijet bi u trenutku zadobio iskonsku cjelovitost, obuhvaćen nestvarnim lukom čudesne ljepote, dugom. Znali smo da se donji kraj duge spušta u neko daleko more.

Bilo je i oblačnih, sjenovitih dana, provedenih pod kišom, na krčevini s koje se uzdiže magla. Bili smo mokri do kože od provlačenja kroz travu i lisnato šiblje. Kasno popodne, sunce bi ponovo granulo i sušilo našu pokislu odjeću. Preplanulih mršavih udova, mirisali smo po vjetru širokih poljana. Nad šumom, sunce se bližilo zalasku u daleka mora.

U polju smo se penjali na usamljena stabla i razgledavali okolinu. Iz zelenila, negdje daleko, izranjali su crveni krovovi našeg sela. Ponekad bi nam vjetar donio izlomljenu zvonjavu s tornja naše crkve. Bili smo cjelodnevni prognanici, ispunjeni čežnjom. Iz krošnje velikih hrastova mogli smo dogledati i susjedna sela, naročito staro selo Svetog Jurja čija se crkva bijeljela na hrptu Središnjeg ravnjaka, u pravcu sjeveroistoka. Naša krstarenja odvodila su nas nadomak tim selima; njihovi su nas seljaci sumnjičavo zapitkivali ovo i ono. Lagali

liche Ganzheit, umschlossen von einem unwirklichen Bogen wundersamer Schönheit, dem Regenbogen. Wir wußten, daß sich das untere Ende des Regenbogens in ein fernes Meer senkte.
Es gab auch bewölkte, schattige Tage, unterm Regen verbracht, auf einer Rodung, von der der Nebel aufstieg. Wir waren naß bis auf die Haut vom Kriechen durch Gras und blättriges Gestrüpp. Am späten Nachmittag brach die Sonne wieder durch und trocknete unsere durchnäßte Kleidung. Mit braungebrannten mageren Gliedern rochen wir nach dem Wind der weiten Ebenen. Über dem Wald näherte sich die Sonne ihrem Abstieg in ferne Meere.
Auf dem Feld stiegen wir auf alleinstehende Bäume und sahen uns in der Umgebung um. Aus dem Grün, irgendwo in der Ferne, ragten die roten Dächer unseres Dorfes hervor. Manchmal brachte der Wind das abgehackte Läuten vom Turm unserer Kirche heran. Wir waren ganztägig Vertriebene, erfüllt von Sehnsucht. Aus der Krone hoher Eichen konnten wir auch die benachbarten Dörfer sehen, besonders in nordöstlicher Richtung das alte Dorf Sveti Jurji, dessen Kirche auf dem Rücken des Središnji ravnjak weiß leuchtete. Unsere Kreuzzüge führten uns bis unmittelbar an diese Dörfer heran; ihre Bewohner befragten uns argwöhnisch nach diesem und jenem. Wir logen ihnen etwas

smo im odakle dolazimo, izmišljajući imena dalekih sela, kao i ime vlasnika – tajanstvenog veleposjednika – u čije smo se najmljene goniče promicali. Nedostajala su nam uzbuđenja. Doprijevši do okolnih sela, nametnuli smo čvrste granice dotad neomeđenu svijetu.

S vremena na vrijeme iskrsavalo je to pitanje: što ćeš biti kad odrasteš? Jednom sam izjavio da želim i dalje biti govedar. Baka Šumarova zgranula se nad takvim izborom i smjesta me počela odvraćati od njega, shvativši najozbiljnije moju namjeru. Pa što je loše u tome da se bude seoski *čordaš*?

»Nemoj govoriti makar što, dijete«, rekla je baka, »Seoski *čordaš*?«

Izgovarala je to prezirno do gadljivosti. »Pa ne bi ti valjda zbilja htio biti *čordaš*?«

Baka je imala stanovitih kulturnih nagnuća. Osim molitvenika, čitala je i povijesne romane, kao i stare brojeve časopisa koje su joj njena djeca iz grada naknadno donosila. Znala je što je vrijedno plemenitih ljudskih stremljenja.

U to vrijeme, nisam vidio nikakve zapreke da ostanem govedar i kad odrastem. Trebalo je još

vor, woher wir kämen, erfanden Namen ferner Dörfer, wie auch den Namen des Besitzers – eines geheimnisvollen Großgrundbesitzers – unter dessen besoldete Treiber wir aufgestiegen waren. Uns fehlten Aufregungen. Indem wir zu den umliegenden Dörfern vorstießen, verliehen wir der bis dahin unbegrenzten Welt feste Grenzen.

Von Zeit zu Zeit schälte sich die Frage heraus: Was willst du einmal werden, wenn du groß bist? Einmal erklärte ich, ich würde auch weiterhin Kuhhirte bleiben. Die Šumar-Oma war ob einer solchen Wahl entsetzt und versuchte mich auf der Stelle davon abzubringen, indem sie meine Absicht völlig ernst nahm. Was ist denn schlecht daran, der *čordaš* des Dorfes zu sein?

»Sag bloß so etwas nicht, Kind«, sagte die Oma, »*čordaš* des Dorfes?«

Sie sprach das Wort verächtlich bis zum Ekel aus. »Du möchtest doch wohl nicht allen Ernstes *čordaš* sein?«

Oma hatte bestimmte kulturelle Neigungen. Außer dem Gebetbuch las sie auch historische Romane, so wie auch ältere Nummern einer Zeitschrift, die ihre Kinder ihr zusätzlich aus der Stadt mitbrachten. Sie wußte, was edler menschlicher Bestrebungen wert war.

Zu dieser Zeit sah ich keinerlei Hindernisse, auch als Erwachsener Kuhhirte zu bleiben. Nur zwei Ängste galt es noch zu besiegen, die der wahre

samo pobijediti dva straha, koje pravi sin polja i šume ne smije trpjeti u svome srcu. Bio je to strah od groma i strah od zmija, veoma biblijski strahovi, s obzirom da u zmiji stanuje Sotona, a u gromu Bog. Za jedne nagle ljetne oluje, grom je ošinuo jednu od mojih krava i na mjestu je ubio, na samo dvadeset koraka od mene. Nailazak na zmiju, pak, može me nagnati da se usred ljeta naježim od glave do pete, obliven mrzlim znojem. Tragao sam za formulama spomoću kojih bih razoružao te strahove, opovrgnuo njihove razloge i na njih proširio svoju vlast.[I]

Dani su protjecali jedan nalik na drugi. Oblaci su neumorno letjeli sa zapada na istok, gdje su se njihove metamorfoze zaplitale u kaleidoskopu granja i lišća. U prvi sumrak, zaustavljali smo se na rubu šume i osluškivali, suspregnuta daha. Vrlo tihi zvuci, na samoj granici čujnosti, potresli bi naše bubnjiće: iz dubokih njedara šume, činilo se, do nas je dopirala jeka izmiješanih glasova, otegnuti povici goniča i lavež njihovih pasa, mukli topot velikih stada – – – – – – – – – – – – – – – – – –
– –

Sohn des Feldes und Waldes nicht in seinem Herzen dulden durfte. Das waren die Angst vorm Blitz und die Angst vor Schlangen, sehr biblische Ängste, wenn man bedenkt, daß in der Schlange Satan wohnt und im Blitz Gott. Während eines plötzlichen Sommergewitters hatte der Blitz eine meiner Kühe gestreift und auf der Stelle erschlagen, nur zwanzig Schritte von mir entfernt. Der Anblick einer Schlange wiederum konnte mich dazu bringen, mitten im Sommer von Kopf bis Fuß mit einer Gänsehaut dazustehen, von kaltem Schweiß überströmt. Ich suchte nach Formeln, mit deren Hilfe ich diese Ängste entwaffnen, ihre Ursachen verwerfen und meine Macht auf sie ausdehnen konnte.[3]

Die Tage vergingen einer wie der andere. Unermüdlich zogen die Wolken von Westen nach Osten, wo sich ihre Metamorphosen im Kaleidoskop der Äste und Blätter verflochten. Bei der ersten Dämmerung hielten wir am Waldrand und lauschten mit angehaltenem Atem. Sehr leise Töne, schon an der Grenze des Hörbaren ließen unsere Trommelfelle vibrieren: Aus den Tiefen des Waldes, so schien es, drang der Widerhall vermischter Stimmen zu uns, die langgezogenen Rufe der Hüter und das Gebell ihrer Hunde, das dumpfe Stampfen großer Herden – – – – – – – –
– –

IV.

Ubrzo nakon što sam promaknut u službu govedara, krenuo sam u školu. Očevoj biblioteci valja pripisati u zaslugu što sam prije škole u potpunosti savladao čitanje. U prvom su nas razredu učili polaganom pisanju pojednih slova, a ja sam iza sebe već imao lijep broj pročitanih knjiga. Dužnost govedara i dužnost učenika sukobljavale su se u mojoj glavi, kao dva oprečna svijeta: nisam osjećao nikakvu dvojbu o tome kojemu dati sentimentalnu prednost. Moja slavna izjava iz tog vremena: »Volim učenje i knjige, ali mrzim školu.« Od konca studenog do konca travnja, krave ne izlaze iz staje. Naše zime bile su posvećene znanosti i pobožnosti.

Svakodnevno smo odlazili na misu. U prosincu, to su bile mise zornice, poslije kojih smo odlazili ravno u školu. Morali smo ustajati rano, u ledene zore mjeseca prosinca. Najprije bi se čuo štropot otvaranja vrata a zatim majčin glas koji nas poziva, dopirući u naš san kao iz velike daljine. S vremenom mi se taj ponavljani doživljaj tako utisnuo

IV.

Bald nachdem ich in das Amt eines Kuhhirten aufgestiegen war, kam ich in die Schule. Der Bibliothek meines Vaters gebührt das Verdienst, daß ich schon vor der Schule fließend lesen konnte. In der ersten Klasse wurde uns das langsame Schreiben einzelner Buchstaben beigebracht, ich hingegen hatte schon eine erkleckliche Anzahl gelesener Bücher hinter mir. Die Pflichten eines Hirten und die Pflichten eines Schülers prallten in meinem Kopf aufeinander wie zwei widerstreitende Welten: Ich hatte keinen Zweifel daran, wem der sentimentale Vorzug zu geben war. Meine berühmte Aussage aus dieser Zeit: »Ich liebe das Lernen und die Bücher, aber ich hasse die Schule.«
Zwischen Ende November und Anfang April verließen die Kühe den Stall nicht. Unsere Winter waren der Wissenschaft und der Frömmigkeit gewidmet.
Jeden Tag gingen wir zur Messe. Im Dezember waren es Frühmessen, nach denen wir direkt in die Schule gingen. Wir mußten früh aufstehen, in der eisigen Morgenfrühe des Monats Dezember. Zuerst war ein Türenknarren zu hören und dann die Stimme der Mutter, die uns rief und aus großer Ferne in unseren Traum drang. Mit der Zeit prägte sich mir dieses wiederholte Erlebnis so sehr ins

u svijest da sam u sebi mogao izazvati njegovu lažnu prisutnost, koja je kadšto graničila sa slušnom halucinacijom. Već napola budan, šćućuren u toploj utrobi postelje iz koje ću uskoro biti prognan, iščekujući da se majka pojavi na vratima, nisam više znao jesam li samo zamislio da me već pozvala, ili me pak zaista pozvala, a ja se naknadno (s lukavstvom koje me nadilazi) uvjerio da mi se pričinilo. Nevoljko smo se umivali u hladnoj vodi, cvokoćući dok smo se oblačili u još nezagrijanoj kuhinji; potom smo izlazili u noć.

Staze s obje strane druma bile su pune silueta i uzbuđenih glasova. Vjernici su, u skupinama od po četvero-petero, žurili na misu i njihove tamne sjenke izmjenjivahu prigušene rečenice. Svatko je u sebi čuvao topli životvorni dah sna. Smrzla trava pokraj staze pucala je pod hitrim nogama djece. Bilo je u tom ranom zimskom času neke neusporedive svježine, neke vesele bistrine duha, za čiju smo ljubav rado zaboravljali mukotrpno buđenje iz toplog sna. Mise zornice bijahu među seljacima omiljene, valjda upravo zbog te okrepljujuće svje-

Bewußtsein ein, daß ich seine falsche Gegenwart in mir hervorrufen konnte, die manchmal an akustische Halluzination grenzte. Schon halb wach, zusammengekauert in den warmen Innereien des Bettes, aus dem ich in Kürze vertrieben sein würde, in der Erwartung, daß sich die Mutter an der Tür zeigen sollte, wußte ich nicht mehr, ob ich mir einbildete, sie hätte mich bereits gerufen, oder ob sie mich tatsächlich gerufen hatte, doch dann redete ich mir nachträglich ein (mit einer Listigkeit, mit ich mich noch selbst übertraf), daß es mir nur geschienen hatte. Mürrisch wuschen wir uns im kalten Wasser und klapperten, während wir uns in der noch ungeheizten Küche anzogen, mit den Zähnen; dann ging es hinaus in die Nacht. Die Pfade zu beiden Seiten der Landstraße waren voller Silhouetten und aufgeregter Stimmen. Die Gläubigen eilten in Gruppen von vier oder fünf zur Messe, und ihre dunklen Schatten wechselten gedämpfte Sätze. Jeder hütete in sich den warmen lebenspendenden Atem des Schlafes. Das gefrorene Gras neben dem Pfad knirschte unter den eiligen Füßen der Kinder. Es war eine unvergleichliche Frische in dieser frühen Winterzeit, eine fröhliche Klarheit des Geistes, der zuliebe wir gern das qualvolle Wecken aus dem warmen Schlaf vergaßen. Die Morgenmessen waren bei den Bauern beliebt, vielleicht gerade wegen dieser stärkenden

žine ranog jutra u čijem su se okrilju događale, i koja bi doživjela vrhunac u času kada je ministrant, odlučnim potezanjem zvonca, obznanio izlazak svećenika na oltar, a puk – cijela naša gotovo dupkom puna crkva – zapjevao onu lijepu i vedru pjesmu koja govori o vjernim pticama:

»Visom leteć, ptice male
Našem domu zapjevale:
Srca gore – evo zore!«

Činilo se da se, ponesene na krilima te jutarnje pjesme, duše svih nas pretvaraju u ptice, sve je obuzimala neka radost puna iščekivanja i najljepših nada, u znaku nadolazećih blagdana čije smo svečano raspoloženje već predosjećali.

U crkvi sam godinama obnašao dvije dužnosti, onu ministranta i onu čitača. U ovoj potonjoj ulozi, dobivao sam redovito najteža čitanja, zapletene poslanice Svetoga Pavla, što bi naš župnik popratio riječima: »Ovaj mali ih čita kao da *zaista* razumije«. Dabogme, bila je to pohvala kojom moja pretjerano osjetljiva taština nije mogla biti zadovoljna. Ja sam bio uvjeren da zaista razu-

Frische des frühen Morgens, in dessen Schutz sie stattfanden. Sie erlebten ihren Höhepunkt in dem Moment, wenn der Ministrant, durch entschlossenes Ziehen der Glocke, das Heraustreten des Priesters zum Altar ankündigte und das Volk – unsere ganze gerammelt volle Kirche – jenes schöne und heitere Lied anstimmte, das von den gläubigen Vögeln spricht:

»Hoch hinauf, ihr Vöglein alle,
lasset unser Lied erschallen:
Sursum corda – preist den Morgen!«

Auf den Flügeln dieses morgendlichen Liedes schienen sich die Seelen von uns allen in Vögel zu verwandeln, wurden alle von einer Freude voller Erwartung und schönster Hoffnungen erfüllt, im Zeichen der herankommenden Festtage, deren feierliche Stimmung wir schon vorausfühlten.

In der Kirche versah ich Jahre hindurch zwei Pflichten, die eines Ministranten und die des Vorlesers. In letzterer Rolle bekam ich regelmäßig die schwersten Lesestoffe, die komplizierten Briefe des Heiligen Paulus, was unser Pfarrer mit den Worten zu kommentieren pflegte: »Der Kleine liest sie, als würde er sie *tatsächlich* verstehen.« Das war allerdings ein Lob, mit dem sich meine übertrieben empfindliche Eitelkeit nicht zufrieden geben konnte. Ich war davon überzeugt, den

mijem Svetog Pavla, iako se nisam usuđivao da to kažem velečasnom.

Na Božić nismo odlazili u školu i tada su nam bilježili neopravdane izostanke. Prijetili su nam težim kaznama, uzalud. (Naš je otac imao samo jednu riječ za one koji su zahtijevali da se na Božić ide u školu kao i svakog radnog dana: »Idioti!«) Ignorirajući vrijednosti i svetinje novog poretka, slavili smo svoje starinske katoličke blagdane. Redovito smo se hranili pečenom bravetinom i kuhanom ciklom i kolačima od oraha. Pokadšto su nas uznemiravale recitacije službenih pjesnika na obvezatnim svečanostima. »Ulico! Krvavi talas nek te kovitla danas! Proklet je pean zlata, i dok mirišu žene, svila i šokolata, vješaju gologa boga na trgu kô tata ...« Bili su to čudni stihovi mutna značenja. Sjećam se učenice iz moga razreda koja ih je izgovarala iz petnih žila, s nekom lažnom strašću, koja me ipak pomalo zastrašivala.

Za blagdane smo posjećivali svoje seoske rođake i kumove. Po sobama naših kuća visile su slike sa starim hrvatskim kraljevima i velikašima, prizori

Heiligen Paulus wirklich zu verstehen, obwohl ich mich nicht traute, es Hochwürden zu sagen. Zu Weihnachten gingen wir nicht in die Schule, und dann wurden bei uns unentschuldigte Fehlstunden notiert. Uns wurde mit schweren Strafen gedroht, vergeblich. (Unser Vater hatte nur ein einziges Wort für jene, die verlangten, man müsse zu Weihnachten wie an jedem anderen Arbeitstag zur Schule gehen: »Idioten!«) Während wir die Werte und Heiligtümer der neuen Ordnung ignorierten, feierten wir unsere alten katholischen Feiertage. Regelmäßig ernährten wir uns von gebratenem Hammelfleisch und gekochter roter Bete und Nußpotitze. Manchmal stürzten uns die Rezitate der offiziellen Sänger bei den Pflichtfeierlichkeiten in Unruhe: »Straße! Eine Woge von Blut soll dich heute durchströmen! Fluch dem Päan des Goldes, und während die Frauen duften nach Seide und Schokolade, wird auf dem Markt der nackte Gott gehängt wie ein Dieb …« Das waren seltsame Verse von trüber Bedeutung. Ich erinnere mich an eine Schülerin aus meiner Klasse, die sie mit geballter Kraft aufsagte, mit einem falschen Pathos, das mich doch ein wenig erschreckte.

Während der Feiertage besuchten wir unsere dörflichen Verwandten und Paten. In den Zimmern unserer Häuser hingen Bilder der alten

sudbonosnih povijesnih trenutaka: krunidbe, kreševa bitaka, tragični glavosijeci. Počasno mjesto zauzimala je slika jednog mučeničkog kardinala iz našeg stoljeća.

Naše rodoljublje imalo je i sažetiju inačicu. Od rane mladosti, dopušteno nam je da Dalmatince smatramo lijenim i razmetljivim, Ličane škrtim i pomalo poganima, Hercegovce pohlepnim i vlastoljubivim, Bosance prljavim i nepouzdanim. Čak i u krilu vlastitog naroda, bili smo okruženi samim prevrtljivim plemenima. Jedino smo mi, slavonski Šokci, bili takoreći neporočni ekstrakt narodnog bića, najvjernije ogledalo narodne duše: i upravo u tome leži naša slabost (govorilo je dalje to naše bolećivo i oholo *credo*), kao i zalog naše konačne i neizbježne propasti. »Naši ljudi« su odveć dobrohotni i naivni. Nedostaje im ambicija i volje za životnu borbu. Ne znaju bezobzirno gaziti preko slabih. U odmjeravanju s pridošlicama, bili to brđani ili primorci, »naš svijet« nema osobitih izgleda. Čak je i naša vjera, koju naizgled dijelimo s tim došljacima, mnogo pitomija i meditativnija od njihove divlje i praktične vjere[II].

kroatischen Könige und Großmächtigen, Szenen schicksalsträchtiger historischer Momente: Krönungen, Schlachtengetümmel, tragische Enthauptungen. Einen Ehrenplatz nahm das Bild eines Märtyrerkardinals aus unserem Jahrhundert ein. Unser Patriotismus kannte auch eine gehaltvollere Variante. Seit früher Jugend war uns erlaubt, die Dalmatiner als faul und prahlerisch anzusehen, die Bewohner der Lika als geizig und ein wenig heidnisch, die Herzegowiner als gierig und herrschsüchtig, die Bosnier als schmutzig und unzuverlässig. Selbst im Schoße des eigenen Volkes waren wir umgeben von lauter wetterwendischen Stämmen. Lediglich wir, die slawonischen Schokzen, waren gleichsam der unbescholtene Extrakt des nationalen Wesens, der treueste Spiegel der Volksseele: Und gerade darin liegt unsere Schwäche (lautete unser kränkelndes und hoffärtiges *Credo* weiter) wie auch das Unterpfand unseres endgültigen und unabänderlichen Untergangs. »Unsere Leute« sind allzu gutmütig und naiv. Ihnen geht das Ambitionierte und der Wille zum Lebenskampf ab. Sie verstehen es nicht, rücksichtslos über Schwächere hinwegzutreten. Verglichen mit den Zuzüglern, seien es Berg- oder Küstenbewohner, hat »unsere Welt« keine besonderen Chancen. Selbst unser Glaube, den wir mit diesen Zuzüglern scheinbar teilen, ist viel friedlicher

Stariji ljudi su sumnjičavo gledali na modernu rastrošnost skopčanu s blagdanima. U starini koju naše bake pamte, propisi o postu bijahu strogo poštovani. Tijekom korizme doslovce se gladovalo; bila je to istodobno i dobra ekonomska i higijenska mjera. Tavu za prženje zaticali bi za krovne grede. Ostalo se posuđe iskuhavalo kako na njemu ne bi ostalo ni traga od masnoće. Komadićem slanine mogao si premazati usta kad ti ispucaju od suhoće i posta, to je bilo sve.

Ljudi su malaksavali iščekujući Uskrs. Napokon bi se, jednog lijepog proljetnog dana, dokopali tog obilja slane bravetine, začinjenih kobasica, šunki, kulina, slanine; gušili bi se tim mesom, blažeći utrobe kuhanim jajima, sirom, mladim lukom i hrenom u kajmaku.Nenavikli na toliki teret, zapadali su u tegobe sitosti. Strašno su žeđali. Odlazeći u crkvu, nosili su uza se opletene boce s vodom. Pred oltarom, žene bi s vremena na vrijeme prekidale sudjelovanje u pjesmama i molitvama i podizale s poda te spasonosne boce, gaseći paklenski plamen kojim ih je iznutra žarilo

und meditativer als ihre wilde und praktische Religion.[4]

Die älteren Leute blickten voll Argwohn auf die moderne, mit den Feiertagen gekoppelte Verschwendungssucht. In der alten Zeit, an die sich unsere Großmütter erinnern, wurden die Fastenvorschriften streng beachtet. Im Verlauf der Fastenzeit wurde buchstäblich gehungert; das war zugleich eine gute ökonomische und hygienische Maßnahme. Die Bratpfanne wurde hinter die Dachsparren gesteckt. Das übrige Geschirr wurde ausgekocht, damit darin keine Spur von Fett zurückblieb. Mit einem Stückchen Speck konnte man sich die Lippen einschmieren, wenn sie vor Trockenheit und Fasten platzten, das war alles. Die Leute ermatteten förmlich beim Erwarten von Ostern. Dann aber, an einem schönen Frühlingstag, bemächtigten sie sich all der Fülle an salzigem Hammelfleisch, gewürzten Würsten, Schinken, Preßsack, Speck; sie stopften sich mit diesem Fleisch voll, besänftigten die Eingeweide mit gekochten Eiern, Käse, jungen Zwiebeln und Kren in Sauerrahm. Eine solche Last nicht gewöhnt, fielen sie den Beschwerlichkeiten der Sattheit anheim. Und litten schrecklichen Durst. Beim Kirchgang trugen sie Flechtflaschen mit Wasser mit sich. Vor dem Altar unterbrachen die

začinjeno svinjsko meso. Isto su činili muškarci u stražnjem dijelu i po zakucima crkve, ondje gdje se već muškarci po običaju zadržavaju. Svi su gasili strašnu žeđ uskrsnih prežderavanja.

Kao djeca, i mi smo u vrijeme velikih blagdana imali pored kreveta, na ormariću, čašu punu vode, priređene roditeljskom brižnošću. Vidovito su predmnijevali da ćemo se usred noći probuditi suhih usta i s plamenom žeđi u utrobama. Ta voda u čaši, ustajala i puna mjehurića, imala je neki čudan gorak okus, ali smo je mi ipak požudno gutali, zatvorenih očiju, da onda umireni padnemo natrag na jastuke i vratimo se nakratko prekinutom snu. Usred prostranog, nikad posve istraženog svijeta noći i sna, ta čaša ustajale vode bila je ona Arijadnina nit koja nas je još povezivala s prostranstvima dnevnog svijeta, zalog i jedini dokaz o postojanju daleke jave. Umireni tom spoznajom, ponovo smo tonuli u san.

Ujutro smo, puni dostojanstva, sudjelovali u crkvenim obredima. Uskrs, Tijelovo i Božić imali su najsvečanije obrede. Odjeveni u anđeosku bje-

Frauen von Zeit zu Zeit die Mitwirkung an Liedern und Gebeten und nahmen die rettungsbringenden Flaschen vom Boden auf, um die höllische Flamme zu löschen, mit der das gewürzte Schweinefleisch von innen her brannte. Dasselbe taten die Männer im hinteren Teil und in den Nischen der Kirche, dort, wo sich die Männer dem Brauch entsprechend aufhalten. Alle suchten den schrecklichen Durst der österlichen Überfressungen zu lindern. Als Kinder hatten wir zur Zeit der großen Festtage neben dem Bett, auf einem Schränkchen, ebenfalls ein Glas Wasser, bereitgestellt in elterlicher Fürsorge. Hellsichtig hatten sie vorausgesehen, daß wir mitten in der Nacht mit trockenem Mund und mit der Flamme des Durstes in den Eingeweiden aufwachen würden. Dieses Wasser im Glas, abgestanden und voller Bläschen, hatte einen seltsamen bitteren Geschmack, dennoch tranken wir es gierig, mit geschlossenen Augen, um danach beruhigt in die Kissen zurückzufallen und in den kurz unterbrochenen Schlaf zurückzukehren. Inmitten der geräumigen, niemals ganz erforschten Welt der Nacht und des Schlafes war dieses Glas abgestandenes Wasser jener Ariadnefaden, der uns noch mit den Weiten der Tageswelt verband, Unterpfand und einziger Beweis der Existenz einer fernen Wirklichkeit. Beruhigt durch diese Erkenntnis sanken wir wieder in Schlaf.

linu, počešljanih glava i golih dječačkih vratova, mahali smo kadionicama punim gustog bijelog dima i opijali se plemenitim mirisom tamjana. Na četiri drvena stupa nosili smo platneno nebo od skupocjena zlatoveza, ispod kojeg je koračao svećenik s Presvetim. Bili smo savršeno patvoreni, neodoljivo uvjerljivi, ali ipak lažni anđeli.

Osobito su me privlačile mračne, optužujuće žalopojke Velikoga Petka: *Puče moj, što učinih tebi ili u čem ožalostih tebe* … U jednoj se molitvi nalazio ovakav zaziv: »Molimo i za katekumene naše, neka im Bog i Gospodin naš otvori uši njihova srca …« Što znači »uši njihova srca«? Zamišljao sam čudnovatu sliku srca opskrbljenog povelikim ušima: srce je bilo onakvo kakvim se obično prikazuje na oltarskim pokrovcima, s izvezenim tajnovitim pismenima IHS[III], a uši su najviše podsjećale na kravlje. Predodžba uhatog srca zaokupljala mi je pažnju: takva su mi se zastranjenja često događala. Misni obredi i molitve protjecahu mimo mene. Napokon bi me jedna trećoretkinja, zadužena za disciplinu među djecom, zgrabila za rame

Morgens wirkten wir voller Würde bei den kirchlichen Ritualen mit. Ostern, Fronleichnam und Weihnachten hatten die festlichsten Rituale. Gekleidet in engelhaftes Weiß, mit gekämmtem Haar und nacktem Knabenhals, schwenkten wir Weihrauchfäßchen voll dichten weißen Rauchs und berauschten uns am edlen Duft des Olibanums Auf vier Holzpfosten trugen wir den Leinenhimmel aus teurem Goldgewirk, unter dem der Priester mit dem Allerheiligsten schritt. Wir waren völlig unechte, unwiderstehlich überzeugende, aber doch falsche Engel.

Vor allem zogen mich die finsteren, anklagenden Trauergesänge des Karfreitags an: *Mein Volk, was habe ich dir getan, und worin habe ich dich betrübt?* ... In einem Gebet fand sich folgender Ausruf: »Wir bitten auch für unsere Katechumenen, möge Gott, unser Herr, die Ohren ihres Herzens öffnen ...« Was bedeutet »die Ohren ihres Herzens«? Ich stellte mir das seltsame Bild eines mit großen Ohren versehenen Herzens vor: Das Herz war so, wie es gewöhnlich auf den Altardecken gezeigt wird, mit den geheimnisvollen Stickbuchstaben IHS[5], die Ohren hingegen erinnerten mich höchstens an die von Kühen. Die Vorstellung des ohrenbewehrten Herzens nahm meine ganze Aufmerksamkeit in Anspruch: Solche Abschweifungen passierten mir häufig. Die Meßrituale und Gebete

i prodrmala, prigušeno mi dobacivši: »Kud si se zablenuo?« Munjevito sam se vraćao u kolotečinu. (Kasnije sam, čitajući jedno staro izdanje Kanižlićeve *Rožalije*, koje je pripadalo našem župniku, naišao na sljedeće stihove:

»Što srce ne digne uši i krila gori, da čuje, da stigne, na što ga Bog stvori?«

Ušima su u tim stihovima pridometnuta i krila. Slika mi se učinila poznatom, i neobično zabavnom. Smjesta sam zavolio poeziju starog majstora Kanižlića, Požežanina iz XVIII stoljeća, med isusovačkog reda, kadar da zasladi svu žuč njegove povijesti.)

Jeseni su protjecale u znaku pobožnosti Majci Božjoj. Sjetne listopadske pjesme upile su u svoje tamno srce miris jesenjeg cvijeća na oltarima i predsmrtnu omamljenost jesenjih muha. Sitna kiša prši nad Starim drumom dok se vraćam sa stadom, intonirajući u sebi pobožne melodije koje se, po mom sudu, izvrsno slažu s melankolijom predjela i godišnjeg doba. Pjesme o Majci Božjoj bude u mojoj duši neodređene čežnje za onostranošću.

liefen an mir vorbei. Schließlich faßte mich eine Laienschwester, die für die Disziplin unter den Kindern verantwortlich war, an der Schulter und rüttelte mich, wobei sie mir unterdrückt zurief: »Wohin gaffst du denn?« Blitzartig kehrte ich in die Wagenspur zurück. (Später, bei der Lektüre einer alten Ausgabe der *Rožalije* von Kanižlić, die unserem Pfarrer gehörte, fand ich folgende Verse: »Warum erhebt das Herz nicht Flügel und Ohren, um zu erlangen, wozu Gott es schuf, und um zu hören?«
Den Ohren hatten sich in diesen Versen noch Flügel hinzugesellt. Das Bild kam mir bekannt vor und ungewöhnlich unterhaltsam. Auf der Stelle gewann ich die Poesie des Kanižlić lieb, dieses alten Meisters aus Požega aus dem 18. Jahrhundert, den Honigtau des Jesuitenordens, der imstande war, die ganze Galle der Ordensgeschichte zu versüßen.)
Die Herbste verliefen im Zeichen der Frömmigkeit gegenüber der Gottesmutter. Melancholische Oktoberlieder sogen den Duft der Herbstblumen auf den Altären und die prämortale Benommenheit der Herbstfliegen in ihr dunkles Herz. Nieselregen sprühte über der Alten Straße, wenn ich mit der Herde zurückkehrte und innerlich fromme Melodien intonierte, die meinem Urteil nach, hervorragend mit der Melancholie der Landschaft

»Od anđela ljepša si, zlatnu noseć halju, zdesne strane stala si Nebeskomu Kralju ...« *Ljepša od anđela ... Nebeski kralj* ... Moja se vjera napajala tim divnim vizijama. Činilo mi se, u isti mah, da pjesma govori o dalekoj zemlji iza sedam mora, prastarom kraljevstvu koje ne dotiče zub našeg vremena. Zahvaljujući tim pjesmama, anđeli su postali mojom opsesijom. Anđeoska bića, kerubi i serafi: koliko čarolije u tim riječima! Bio sam zaljubljen u anđele. Mnoge svete sličice su ih prikazivale, ali moja se mašta nije njima zadovoljavala. Svako lice pripisano anđelu činilo mi se isuviše ljudskim, svaka fizionomija suviše grubom i određenom. Moji su anđeli bili neuhvatljiviji, astralniji, čista božanska prisutnost, kao mirisni dah ili posve laki šum krila i haljina. Po svojoj eteričnoj građi, bili su najbliži onoj tvari od koje su načinjeni snovi.

Svake sam večeri, u krevetu, šaptao molitvu anđelu čuvaru, malo remek-djelo umjetnosti nalaženja srokova. »Anđele čuvaru mili, svojom snagom me zakrili, prema Božjem obećanju, čuvaj mene noću,

und der Jahreszeit harmonierten. Die Lieder über die Muttergottes weckten in meiner Seele unbestimmte Sehnsüchte nach Jenseitigkeit. »Schöner als ein Engel bist, trägst ein goldnes Kleide, stehst dem Himmelskönige wohl zur rechten Seite ...« *Schöner als ein Engel ... Himmelskönig* ... Mein Glaube trank sich satt an diesen herrlichen Visionen. Das Lied schien mir im selben Moment von einem fernen Lande hinter den sieben Meeren zu sprechen, von einem uralten Königreich, dem der Zahn unserer Zeit nichts anhaben konnte. Dank diesen Liedern wurden die Engel zu meiner großen Leidenschaft. Engelswesen, Cherubim und Seraphim: Wie viel Magie liegt in diesen Wörtern! Ich war verliebt in die Engel. Viele Heiligenbildchen zeigten sie, aber meine Phantasie gab sich damit nicht zufrieden. Jedes einem Engel zugeschriebene Gesicht erschien mir allzu menschlich, jede Physiognomie allzu grob und bestimmt. Meine Engel waren ungreifbarer, astraler, reine göttliche Gegenwart, wie ein Dufthauch oder das ganz leichte Rauschen eines Flügels oder Kleides. Ihrem ätherischen Bau nach kamen sie jenem Stoff am nächsten, aus dem die Träume sind.

Jeden Abend, im Bett, flüsterte ich ein Gebet an meinen Schutzengel, ein kleines Meisterwerk der Kunst des Reimeschmiedens. »Lieber Engel, sei

danju ...« Ponekad su nas u crkvi opominjali da obratimo pozornost na svaku riječ koju u molitvi izgovaramo, i ja sam se doista trudio da mislim o svakoj pojedinoj riječi, ali to nije bilo nimalo lako: misli su mi se jogunasto otimale, izvijajući se i odbijajući da idu naloženim smjerom, tako da bi se sve svodilo na to da sam molitve šaptao sporije i s jačim naglaskom na svakoj riječi, baš kao da ću ih tom silinom izgovora utisnuti u svoj rastreseni duh. U molitvi anđelu čuvaru zapažao sam osobitu prikladnost glagola *zakriliti*, koji nam jedini u cijeloj molitvi priopćuje da anđeo ima krila. Posjedovao sam stanovitu osjetljivost za riječi, čiju sam bezbrižnu odsutnost sa čuđenjem nalazio kod većine drugih ljudi.

Često sam s iznenađenjem uviđao kako, čak i kada su posrijedi vrlo česte i poznate molitve, svatko od molitelja posjeduje svoju vlastitu inačicu, neku malu modifikaciju ove ili one riječi. Te su mi se svojevoljne izmjene činile uglavnom lišene smisla, i s vremenom su me sve više srdile. Sa svojom sestrom sam se prepirao oko jednog retka spo-

mein Schutz, beschirme mich mit Macht und Trutz, Gottes Wille werd' vollbracht, schütze mich bei Tag und Nacht.« Mitunter wurden wir in der Kirche ermahnt, unsere Aufmerksamkeit auf jedes Wort zu lenken, das wir im Gebet aussprechen würden, und ich bemühte mich wirklich, über jedes einzelne Wort nachzudenken, aber das war keineswegs leicht: Meine Gedanken entzogen sich mir widerspenstig, sie wanden sich und weigerten sich, in die aufgetragene Richtung zu gehen, so daß sich alles darauf reduzierte, daß ich die Gebete langsamer und jedes Wort stärker betonend flüsterte, gerade so, als wollte ich sie mir mit dieser gewaltsamen Aussprache in meinen zerstreuten Geist einprägen. In dem Gebet an den Schutzengel fiel mir das besonders passende Verbum *zakriliti* (beschirmen, unter die Fittiche nehmen) auf, das uns als einziges im ganzen Gebet sagt, daß der Engel Flügel (krila) hat. Ich besaß ein bestimmtes Gespür für Wörter, dessen achtloses Fehlen ich bei der Mehrzahl der anderen Menschen mit Verwunderung feststellte.

Oft erkannte ich voller Überraschung, daß, selbst wenn es sich um sehr häufige und bekannte Gebete handelte, jeder der Beter seine eigene Variante besaß, eine kleine Modifikation dieses oder jenes Wortes. Diese eigenmächtigen Abänderungen kamen mir im großen und ganzen sinnlos vor

menute molitve, naime treba li reći »da mi dušu grijeh *ne rani*« ili pak (kao što je ona bila čvrsto uvjerena) »da mi dušu grijeh *ne hrani*«. Tvrdoglavo je odbijala prihvatiti moje argumente, što me je žestilo, iako sam uviđao da – čak i kad bi shvatila da je u zabludi – nipošto to ne bi priznala, potpisujući time sramnu kapitulaciju.

und ärgerten mich mit der Zeit immer mehr. Mit meiner Schwester stritt ich um eine Zeile des erwähnten Gebetes, nämlich, ob man sagen sollte, daß die Sünde »meine Seele *nicht verletzt*«, oder doch (wie es ihre feste Überzeugung war), daß die Sünde »meine Seele *nicht letzt*«. Hartnäckig weigerte sie sich, meine Argumente zu akzeptieren, was mich wütend machte, obwohl ich längst eingesehen hatte, daß sie – selbst wenn sie ihren Irrtum begreifen würde – das keineswegs zugeben und damit eine beschämende Kapitulation unterschreiben würde.

V.

Nedjeljom popodne, nakon blagoslova u četiri sata, velečasni nas je pozivao u župni dvor. Bilo nas je trojica-četvorica dječaka, redovnih ministranata. Plašljivo smo stupali u odaje župnog stana, u »veliku sobu« namještenu šarenim sagovima, starinskim crvenim sofama, s mnogo lakirane drvenine. Na prostranom stolu, u čaše nam je bio natočen malinovac. Zidove su skrivale police pune knjiga. Htio bih reći koju u čast te svečane »velike sobe«, tog kratkog tečaja otmjenosti koji me smjesta razoružao i pridobio za blagodati i dekadenciju civilizacije. Trenutak kada sam stupio u nju bio je, možda, za mene presudan: bijah spašen, spašen za civilizaciju.

Prozori »velike sobe« gledali su ravno na jedan prašnjavi sokak; kroza nj se otvarao prolaz u silovitu ravnicu, na sjever. Tim su Crkvenim sokakom odlazila i vraćala se seoska stada; tim su prometnim sokakom neprekidno kloparale zaprege i traktori; otud je, kao što reče netko iz *našeg kružoka*, puhao vjetar ravno s Balatona. Svijet polja i

V.

Sonntag nachmittags, nach dem Vieruhrsegen, lud uns Hochwürden in den Pfarrhof. Wir waren drei, vier Knaben, regelmäßige Ministranten. Schüchtern betraten wir die Gemächer der Pfarrerswohnung, das »große Zimmer«, das mit bunten Teppichen, mit antiken roten Sofas, mit vielen lackierten Holzmöbeln eingerichtet war. Auf dem geräumigen Tisch stand für uns Himbeersaft eingeschenkt bereit. Die Wände verdeckten Regale voller Bücher.

Ich möchte gern ein Wort zur Ehre dieses festlichen »großen Zimmers« sagen, dieses kurzen Kurses der Vornehmheit, der mich auf der Stelle entwaffnete und für die Segnungen und die Dekadenz der Zivilisation einnahm. Der Moment, in dem ich es betrat, war für mich vielleicht der entscheidende: Ich war gerettet, gerettet für die Zivilisation.

Die Fenster des »großen Zimmers« blickten direkt auf die staubige Gasse hinaus; an deren Ende eröffnete sich der Durchblick in die ungeheure weite Ebene, nach Norden. Durch diese Kirchengasse zogen die Dorfherden hinaus, und auf ihr kehrten sie wieder zurück; auf dieser verkehrsreichen Gasse ratterten unablässig die Gespanne und Traktoren; durch sie blies, wie jemand *aus unserem*

mračnih šuma, svijet poljskih koliba i svinja u oborima, slamnati i rogati svijet, bio je tu nadohvat: samo otvorite prozor »velike sobe« i nagnete se van. Pa ipak, taj je svijet, iako natisnut sa svih strana, nije progutao.

Sve svoje prihode, kao što ću poslije saznati, velečasni je trošio na knjige. Životna mu strast bijahu labirinti hagiografije, strasni životi svetaca. Ona je podrazumijevala sveobuhvatnu potragu: obavijesti potrebne za svoja istraživanja velečasni je nalazio posvuda; osim knjiga na hrvatskome, njegovu su biblioteku napučivale knjige na njemačkom, latinskom, poljskom, engleskom, francuskom, grčkom i talijanskom jeziku. To mnoštvo nerazumljivih knjiga, dobrim dijelom tiskanih grčkim i gotičkim pismenima, tvorilo je neshvatljivu, bezimenu biblioteku u kojoj smo se gubili kao u šumi egzotičnog raslinja ili, točnije, kao u muzeju mineraloških uzoraka. Neupotrebljivi prašnjavi teret pritiskao je, poput kamenja, mnogobrojne police. Istodobno, za onog koji je razumijevao njihove stranice, te su knjige bile dragocjeno, nepresušno blago. Svaku je ponaosob poznavao i

Kreis sagen würde, der Wind direkt vom Plattensee. Eine Welt der Felder und finsteren Wälder, eine Welt der Feldhütten und Schweinepferche, eine strohige und hornige Welt war hier zum Greifen nahe: Stoßt nur das Fenster des »großen Zimmers« auf und beugt euch hinaus! Und doch wurde es von dieser Welt, obwohl von allen Seiten eingezwängt, nicht verschluckt.
Alle seine Einkünfte, wie ich später erfahren sollte, verwendete Hochwürden für Bücher. Die Leidenschaft seines Lebens waren die Labyrinthe der Hagiographie, die leidenschaftlichen Leben der Heiligen. Sie schloß umfassende Forschungen mit ein: Informationen, die Hochwürden für seine Forschungen brauchte, fanden sich überall; außer Büchern auf kroatisch, bevölkerten seine Bibliothek Bücher in deutscher, lateinischer, polnischer, englischer, französischer, griechischer und italienischer Sprache. Diese Vielzahl unverständlicher Bücher, zu einem guten Teil in griechischer und gotischer Schrift gedruckt, bildete eine unbegreifliche namenlose Bibliothek, in der wir uns verloren wie in einem Wald aus exotischen Pflanzen oder, genauer, wie in einem Museum mit mineralogischen Schaustücken. Die unnütze staubige Last drückte wie Gestein auf die zahlreichen Regale. Gleichzeitig waren für denjenigen, der ihre Seiten zu lesen verstand, diese Bücher ein

razlikovao. Tada se probudilo moje divljenje prema Učenjaku, tom prašnjavom heroju čovječanstva: u onome što je ostalim smrtnicima nepristupačno, i, samim tim, lišeno zanimljivosti, on s divnom lakoćom pronalazi radost spoznaje i med znanja.

»Velika soba« župnog dvora bacala je raznobojno svjetlo na svoju barbarsku okolinu, otkupljivala je iz njenog animalnog ništavila, činila je manje nedostojnom. Činjenica da su se u tom selu težaka i marvogojaca, u sjenci staja i štagljeva, našli zahvaljujući jednom čovjeku manihejski spisi na koptskom i aramejskom jeziku, cijela jedna biblioteka gnosticizma ili križarskih ratova, ta činjenica (slutio sam) ne može ostati bez posljedica u cjelokupnom poretku svijeta. Velečasni je bio tankoćutan znalac drevne povijesti naše pokrajine. Rodio se u gradu koji je nekoć, pod slavnim imenom Sirmiuma, bio jednom od četiri prijestolnice Rimskoga Carstva. Već se tada u žilama ovog opojnog učenjaka nastanila šećerna bolest, ubojica koji će ga najprije oslijepiti, potom učiniti nepokretnim. Gubeći vid nepovratno i brzo, vele-

wertvoller, nie versiegender Schatz. Jedes kannte und unterschied er im einzelnen. Damals erwachte meine Bewunderung für den Gelehrten, diesen staubigen Helden der Menschheit: In dem, was anderen Sterblichen unzugänglich und allein dadurch jeden Interesses beraubt war, fand er mit herrlicher Leichtigkeit die Freude der Erkenntnis und den Honigtau des Wissens.

Das »große Zimmer« des Pfarrhofes warf ein vielfarbiges Licht auf seine barbarische Umgebung, es erlöste sie aus ihrem animalischen Nichts, machte sie weniger unwürdig. Die Tatsache, daß sich in diesem Dorf der Ackerbauer und Viehzüchter, im Schatten von Scheunen und Ställen, dank einem einzigen Menschen manichäische Schriften in koptischer und aramäischer Sprache fanden, eine ganze Bibliothek des Gnostizismus oder der Kreuzzüge, diese Tatsache (das ahnte ich) konnte nicht ohne Folgen für die gesamte Weltordnung bleiben. Hochwürden war ein sensibler Kenner der alten Geschichte unserer Provinz. Er war in jener Stadt geboren, die einst unter dem ruhmreichen Namen Syrmium eine der vier Hauptstädte des Römischen Reiches gewesen war. Schon damals hatte sich in den Adern dieses berauschten Gelehrten die Zuckerkrankheit angesiedelt, eine Mörderin, die ihn zuerst erblinden lassen, dann ans Bett fesseln sollte. Das Augenlicht

časni je sastavljao natuknice za epohalni *Leksikon ikonografije*. U svoje večernje molitve uključivao je i molitvu za vid. U bilješci o svetima Cyru i Ivanu, mučenicima iz vremena cara Dioklecijana, napisao je ovu značajnu rečenicu: »Na njihovu je grobu izliječio svoje oči i Sofronije Jeruzalemski, koji je nakon toga širio njihovo štovanje«.
Već pri prvim posjetima, velečasni je zapazio moju spremnost da se izgubim u labirintu mnogih knjiga. Posuđivao mi je knjige po svome izboru; ja sam ih nosio u torbi preko ramena, hodeći za kravama; nepregledni pastirski dani gutali su njihove stranice kao suha ravnica kišu. Prve knjige koje mi je velečasni dao na čitanje bile su: »Bez obitelji« Hectora Malota, u dva sveska; »Pod slobodnim suncem« slovenskog svećenika Franca Finžgara; »Čudnovato putovanje Nielsa Holgersona« Selme Lagerlöf. Pročitao sam ih nadušak, od prve do posljednje riječi. Potom su slijedili: »Islandski bregovi«, »Nürnberške lutke«, »Junaci Alcazara«, »Arnaluk«, »I vječno pjevaju šume« …
Jedne nedjelje, poslije popodnevnog blagoslova, velečasni je pozvao mene i moja dva brata u župni

unwiederbringlich und rasch verlierend, verfaßte Hochwürden Beiträge für ein epochales *Lexikon der Ikonographie*. In seine Abendgebete schloß er auch das Gebet um Augenlicht ein. In seinem Beitrag zu den Heiligen Kyros und Johannes, zwei Märtyrern aus der Zeit Kaiser Diokletians, findet sich der bedeutungsschwere Satz: »An ihrem Grab heilte seine Augen auch Sophronios von Jerusalem, der danach ihre Verehrung verbreitete.«
Schon bei den ersten Besuchen bemerkte Hochwürden meine Bereitschaft, mich im Labyrinth der vielen Bücher zu verlieren. Er lieh mir Bücher, deren Auswahl er traf; ich trug sie in einer über die Schulter gehängten Tasche mit mir, auf meinem Weg hinter den Kühen her; die unendlichen Weidetage schluckten die Seiten wie die trockene Ebene den Regen. Die ersten Bücher, die mir Hochwürden zum Lesen gab, waren in kroatischer Übersetzung: »Ohne Familie«[6] von Hector Malot, in zwei Bänden; »Unter freier Sonne«[7] des slowenischen Priesters Fran Saleški Finžgar; »Niels Holgersons wunderbare Reise mit den Wildgänsen« von Selma Lagerlöf. Ich las sie in einem Zug durch, vom ersten bis zum letzten Wort. Dann folgten: »Die Berge Islands«[8], »Die Puppen von Nürnberg«[9], »Die Helden des Alcázar«[10], »Arnaluk«[11], »Und ewig singen die Wälder«[12] …
Eines Sonntags, nach dem Nachmittagssegen, rief Hochwürden mich und meine beiden Brüder

dvor. Sjeo je za harmonij i sviranjem zaokupio njihovu pažnju. Ja sam razgledavao knjige. Netko je pozvonio pred vratima. Nekoliko svećenika iz okolnih župa došlo je u goste, nekoliko zaređenih veseljaka, društvance mirisave urotničke gospode. Krajičkom uha naslutio sam njihove tajnovite razgovore.

U to sam vrijeme počeo pomišljati da postanem svećenik. Biti svećenikom činilo mi se nekom vrstom posvećenoga pijanstva, u kojemu dobrohotni čovjek luta Vremenom: izgubimo mu trag u vrtu župnoga dvora, među onim mirišljivim lijehama, a on iskrsne usred Staroga Rima: za njega, sve je to jedan jedini svijet, svekolike su razlike samo izvanjske, ništavne.

Malo-pomalo postadoh fanatikom vjere i grizodušja. Nakanih umrtviti svoju prirodu, natjerati je na posvemašnji posluh. Uživao sam u samomučenju bezrazložnim lomljenjem volje. *Acte gratuit* postade mojom opsesijom. Idući kući iz škole, znao sam najednom zastati i vratiti se deset koraka; ili pak, zatvorivši zamršeni zasun na vratima stražnjeg dvorišta, navlaš sve razmrsiti i prisiliti se na

in den Pfarrhof. Er setzte sich ans Harmonium und fesselte mit seinem Spiel ihre Aufmerksamkeit. Ich tat mich bei den Büchern um. Jemand klingelte an der Tür. Einige Priester aus den Nachbarpfarren waren zu Besuch gekommen, lustige Patrone, eine kleine Gesellschaft wohlriechender verschwörerischer Herren. Mit gespitztem Ohr erahnte ich ihre geheimnisvollen Gespräche. Zu dieser Zeit begann ich mich mit dem Gedanken zu tragen, Priester zu werden. Priester zu sein erschien mir als eine Art geweihter Trunkenheit, in der der Gutes wollende Mensch durch die Zeit irrt: Wir verlieren seine Spur im Garten des Pfarrhofes, zwischen den duftenden Beeten, und er taucht mitten im Alten Rom wieder auf. Für ihn ist das alles eine einzige Welt, mögliche Unterschiede sind nur äußerlich, nichtig.

Ganz allmählich wurde ich zum Fanatiker des Glaubens und der Gewissensbisse. Meine Absicht war es, meine Natur abzutöten, sie zum völligen Gehorsam zu zwingen. Ich fand Genuß am grundlosen selbstquälerischen Brechen des Willens. Der *acte gratuit* wurde zu meiner fixen Idee. Auf dem Nachhauseweg von der Schule konnte ich plötzlich stehenbleiben und zehn Schritte zurückgehen; oder nachdem ich den komplizierten Riegel an der Tür zum Hinterhof geschlossen hatte, alles absichtlich durcheinanderbringen und mich er-

strpljivi posao iznova. Kad bi me čemu povukla želja – bio je znak da si to uskratim; obrnuto, pohrlio bih ususret onome što me odbijalo. Suočio sam se s podmuklošću svoje prirode, koja je počela hiniti da želi ono što ustvari ne želi, kako bi me dovela u nedoumicu. Uživao sam u pobjedi kadgod bih proniknuo u tog lažljivca u sebi. Bez prestanka smo se nadmudrivali. Iskušao sam obje vrste napasti: onu popuštanja i onu prekoračenja. Anahoretskim jezikom rečeno, ako je pustinjaku dopušteno pojesti sedam maslina dnevno, pojesti ih osam ili šest podjednak je grijeh. Osam maslina – grijeh je lakomosti; šest – grijeh oholosti. Oprezno sam brodio između te Scile i Haribde, po okrutnom moru svetosti.

Neki mrak mi se stao uvlačiti u srce.

U to doba, u školi se nije događalo bogzna što. S lakoćom sam održavao svoju nadmoć nad ostatkom razreda. Postojala je samo jedna osoba u kojoj sam vidio mogućeg takmaca svojoj spokojnoj vladavini. Bio je to Goran Cvenić, šutljiv i zamišljen pučkoškolac. Između nas ostalih, mahom

neut zu dem geduldigen Unternehmen zwingen. Wenn mich der Wunsch nach irgend etwas überkam – war das ein Zeichen, mir gerade das zu verweigern; umgekehrt bemühte ich mich gerade um das, was mich zurückwies. Ich konfrontierte mich selbst mit der Heimtücke meiner Natur, die mir vorheuchelte, etwas zu wollen, was sie in Wirklichkeit nicht wollte, um mich in Zweifel zu führen. Ich genoß den Sieg, wann immer ich den Heuchler in mir durchschaut hatte. Ununterbrochen waren wir damit beschäftigt, einander zu überlisten. Ich kostete beide Arten der Anfechtung aus: jene des Nachgebens und jene des Übertretens. In der Sprache der Anachoreten gesagt: Wenn es dem Einsiedler erlaubt ist, täglich sieben Oliven zu essen, bedeutet, acht oder sechs zu essen, eine gleich große Sünde. Acht Oliven – die Sünde der Unmäßigkeit; sechs – die Sünde der Hoffart.
Vorsichtig manövrierte ich zwischen dieser Scylla und Charybdis hindurch, auf dem grausamen Meere der Heiligkeit.
Finsternis begann von meinem Herzen Besitz zu ergreifen.
In dieser Zeit ereignete sich in der Schule nichts Besonderes. Mit Leichtigkeit konnte ich meinen Vorsprung vor dem Rest der Klasse wahren. Es gab nur eine Person, in der ich einen möglichen Rivalen für meine gelassene Herrschaft sah. Das

seljačića, izdvajalo ga je već podrijetlo: roditelji mu bijahu nastavnici. Promatrao sam ga iz prikrajka. Činio mi se sav posvećen i predan nekim tajnovitim istraživanjima, koja su ga nagonila da se druži s gorima od sebe, s najvećim ološem i razglašenim probisvjetima. U razredu se držao uz nekog dječaka sklona tučnjavama i sličnim ispadima. Neprestano su izvodili lakrdije najčudnije vrste. Nema sumnje, scenariji tih nepodopština nastajali su u Goranovoj glavi; njegov ih je drug prihvaćao s bučnim veseljem.

Primjerice, jedno su vrijeme svaki odmor između satova koristili kako bi hinili strastven razgovor o jednoj te istoj temi nepojmljive gnusobe: o hrpi nosne sluzi koja leži u jarku. Potanko su opisivali zelenkastu boju tih ljudskih izlučina, tu hladetinastu hrpu sluzi koja podrhtava kao nešto živo, i koju su tobože vidjeli u jarku, na putu u školu. »Zamisli«, govorili su, »da uranjaš ruke u te sluzave bale, one ti se lijepe među prstima, skliske, meke, zamisli da ih zagrabiš šakom i gurneš u usta, okus im je slatkast, hladne su, bale ti cure niz bradu, ti

war Goran Cvenić, ein schweigsamer und nachdenklicher Volksschüler. Von uns übrigen, durchwegs Bauernkinder, unterschied ihn schon seine Herkunft: Seine Eltern waren Lehrer. Ich beobachtete ihn aus den Augenwinkeln. Er kam mir vor, als hätte er sich hingebungsvoll irgendwelchen geheimnisvollen Forschungen verschrieben, die ihn veranlaßten, sich mit Schlimmeren als ihm selbst abzugeben, mit dem größten Gesindel und den verrufensten Raufbolden. In der Klasse hielt er sich an einen Burschen, der zu Schlägereien und ähnlichen Ausfällen neigte. Unaufhörlich trieben sie Possen der seltsamsten Art. Ohne Zweifel entstanden die Szenarien dieses Unfugs in Gorans Kopf; sein Kamerad griff sie mit lärmender Fröhlichkeit auf.

Zum Beispiel benutzten sie in der Schule eine Zeitlang jede Pause dazu, um ein leidenschaftliches Gespräch über ein und dasselbe, unsäglichen Ekel erregende Thema zu simulieren: über einen Klumpen Nasenschleim in einem Straßengraben. Bis ins letzte Detail beschrieben sie die grünliche Farbe dieser menschlichen Ausscheidung, diese gallertartige Masse Schleim, die wie etwas Lebendiges zitterte und die sie auf dem Weg in die Schule in dem Graben gesehen haben wollten. »Stell dir vor«, sagten sie, »du tauchst die Hände in diesen schleimigen Rotz, er bleibt dir zwischen den Fingern

ih gutaš, gutaš, te odurne bale … ljepljive hladne bale … bale …«

Ponetko bi im se priključio, zanimajući se o čemu tako poneseno razgovaraju, i nakon samo nekoliko trenutaka udaljio bi se s gađenjem. Ne treba napominjati da su upravo u tome najviše uživali. Doduše, Goran nije odavao znake onako neobuzdanog trijumfalnog veselja kakvim je praskao njegov drug … (Danas mi se, u mračnom obasjanju Goranove potonje sudbine, ta čudovišna slika ljudske sluzi u jarku čini kao da prikriva neko dublje, kobnije značenje …)

Goran je bio izvrstan, nenadmašiv učenik (sada to priznajem). Lijenost i urođenu nedisciplinu svoga karaktera nadoknađivao je genijalnom darovitošću koja je iz njega izbijala u trenucima nadahnuća. Onomu što ga nije zanimalo nije posvećivao ni trunka pažnje, ali u onome što je zadobilo njegovu naklonost – dopirao je do začudnih visina, do blistavih ostvarenja koja su nas sve bacala u zasjenak i koja su očevidno nadilazila čak i sposobnosti naših učitelja. Već tada, Goran je počeo pokazivati

kleben, glitschig, wabbelig, stell dir vor, du nimmst ihn mit der Hand und stopfst ihn dir in den Mund, sein Geschmack ist süßlich, er ist kühl, die Schlieren rinnen dir übers Kinn, du schluckst und schluckst, diese ekligen Schlieren … den klebrigen kühlen Rotz … diesen Rotz …«
Der eine oder andere stellte sich zu ihnen, voller Interesse, worüber sie so selbstvergessen reden mochten, und flüchtete nach wenigen Augenblicken angewidert. Unnötig zu erwähnen, daß sie gerade darin den größten Genuß fanden. Allerdings gab Goran keine derartigen Zeichen ungezügelter triumphaler Fröhlichkeit von sich wie sein Kamerad … (Heute, im finsteren Licht von Gorans späterem Schicksal, erscheint mir dieses monströse Bild menschlichen Schleimes im Graben als etwas, das eine tiefere schicksalhaftere Bedeutung verbirgt …)
Goran war ein ausgezeichneter, unübertroffener Schüler (jetzt gebe ich das zu). Faulheit und angeborene Undiszipliniertheit seines Charakters machte er durch geniale Begabung wett, die in Augenblicken der Begeisterung aus ihm hervorbrach. Dem, was ihn nicht interessierte, widmete er nicht einen Funken Aufmerksamkeit, aber in dem, was seine Neigung gewinnen konnte – gelangte er zu bewundernswerten Höhen, zu glänzenden Realisierungen, die uns alle in den Schatten

sklonost stanovitim opsesijama. Primjerice, ako bi mu se tema zadana za sastavak iz hrvatskog jezika dopala, znao bi na čitavih deset stranica napisati neku čarobnu priču u kojoj se dugačke rečenice prepletahu jedna s drugom, a tanana se raščlamba odmataše neodoljivo iz sebe same, kao klupko vune, kao u majstorskim romanima koje ćemo upoznati tek godinama kasnije.

Ali istinska Goranova strast bila je crtanje. Neumorno je, najčešće za vrijeme nastave, običnom olovkom crtao životinje, posve određene životinje: ribe i jastrebove. Ribe mu bijahu šarani, somovi i štuke, slatkovodne ribe naših ravničarskih potoka i bara. Jastreb je, činilo se, bio uvijek isti, samo bi ponekad raširio krila kao da će poletjeti, ili bi nakrenuo glavu u stranu. Goran je, s neopisivom strpljivošću rođenog majstora, crtao pojedinosti: jastrebove čaporke, oči, kukasti kljun, perje, postižući pritom izvanredan sklad između pojedinosti i cjeline.

Kasnije je prestao crati ribe i posvetio se isključivo jastrebovima. Vjerujem da neću pretjerati ako

stellten und die offensichtlich selbst die Fähigkeiten unserer Lehrer überstiegen. Schon damals begann Goran eine Neigung zu bestimmten fixen Ideen zu zeigen. Wenn ihm etwa ein Thema für einen Aufsatz aus der kroatischen Sprache zusagte, verstand er es, auf ganzen zehn Seiten eine zauberhafte Geschichte zu schreiben, in der sich lange Sätze verflochten und sich die feine Zergliederung unwiderstehlich wie von selbst abspulte wie ein Knäuel Wolle, wie in den Meisterromanen, die wir Jahre später kennenlernen sollten.

Die wahre Leidenschaft Gorans war das Zeichnen. Unermüdlich zeichnete er, zumeist während des Unterrichts, mit einem gewöhnlichen Bleistift Tiere, ganz bestimmte Tiere: Fische und Habichte. Seine Fische waren Karpfen, Welse und Hechte, die Süßwasserfische unserer Bäche und Teiche in der Ebene. Der Habicht, so schien es, war immer der gleiche, nur daß er manchmal die Flügel breitete, als wollte er auffliegen, oder den Kopf zur Seite drehte. Die Details zeichnete Goran mit der unbeschreiblichen Geduld des geborenen Meisters: die Krallen des Habichts, seine Augen, den hakenförmigen Schnabel, das Gefieder, und erreichte dabei eine außerordentliche Übereinstimmung zwischen Detail und Ganzem. Später ließ er die Fische sein und widmete sich ausschließlich den Habichten. Ich übertreibe

kažem da je nacrtao na stotine, možda i na tisuće jastrebova.

I ja sam, sa svoje strane, težio za apsolutnom dosljednošću. Povremeno sam se opredjeljivao za neki ideal, Svetost, ili Znanost, ili naprosto Mrgodnu Šutljivost, i nastojao živjeti u skladu s njim iz trenutka u trenutak. Prije ili kasnije, skliznuo bih u niže sfere slabije kakvoće i popustljivosti. Moj izbor se razvodnjavao i gubio u sitnim nagodbama svakodnevice.

Roditelji su nam zabranjivali da čitamo takve bezvrijedne stvari kao što su stripovi. Ako bi se koji odnekuda pojavio, majka se okomljivala na nj kao na kukavičje jaje sotonske opakosti i prvotni uzrok sveopće pokvarenosti. Netom bi bio otkriven, okružila bi ga strasna galama i sveščić bi bio predan plamenu i paklu, uz anateme i pogrde. Tražio sam prilike da se iskradem iz kuće i odem do trećih-četvrtih susjeda, gdje je jedan dječak, moj vršnjak, spokojno posjedovao golemo blago od stotinjak svezaka s najpoznatijim junacima stripa. Sjedio sam na niskom trijemu njihove oronule kućice, pored stupca zamašćenih i požutjelih

wohl nicht, wenn ich sage, daß er Habichte zu Hunderten, vielleicht sogar zu Tausenden gezeichnet hat.

Ich meinerseits strebte nach der absoluten Folgerichtigkeit. Zeitweilig entschied ich mich für ein Ideal, für die Heiligkeit oder die Wissenschaft oder einfach für düstere Schweigsamkeit, und versuchte in Übereinstimmung damit von einem Augenblick zum nächsten zu leben. Früher oder später rutschte ich wieder in die niederen Sphären schwächerer Qualität und Nachlässigkeit ab. Meine Wahl verwässerte und verlor sich in den kleinen Kompromissen des Alltags.

Die Eltern hatten uns verboten, so wertloses Zeug zu lesen, wie es die Comics waren. Wenn von irgendwoher ein solches Machwerk auftauchte, stürzte sich unsere Mutter darauf wie auf ein Kuckucksei von satanischer Bosheit und Inbegriff der allgemeinen Verderbtheit. Kaum war es entdeckt, ward das Heftchen von schrecklichem Lärm eingekreist und der Flamme und der Hölle übergeben, unter Verfluchung und Beschimpfung. Ich suchte nach Gelegenheiten, mich aus dem Haus zu stehlen und drei, vier Nachbarhäuser weiter zu gehen, wo ein Bursche, mein Altersgenosse, in aller Ruhe auf einem riesigen Schatz von Hunderten Heften mit den bekanntesten Comic-Helden saß. Dann hockte ich unter dem niedrigen Ein-

stripova, i pohlepno prelazio očima uzbudljive male prizore. Kadšto bi na trijem izašla dječakova mati, niska, okruglasta Hercegovka, i hrabrila me neka samo čitam, bez straha da ikome smetam. Naši prvi susjedi na zapadnoj strani bili su dvoje starih ljudi i njihova odrasla kći, duševna bolesnica. Bili su to naši daleki rođaci: naš pradjed i stari susjed međusobno su se još uvijek oslovljavali koljenovićima. Starac, Ivo Zrimić, odan rakiji, pokazao se u ono doba kada se zadruga osipala nesposoban da se osovi na vlastite noge. Osiromašiše. Kći jedinicu poslaše u grad na škole, poslije nekoliko godina ona obolje. U naše doba, već su živjeli u nepomičnoj slasti poraza. Sobe su im imale zemljane podove pune brežuljaka i dolinica. Tijesni prozori sa šalufima propuštali su unutra golubinji polumrak, ljeti prohladan, zimi topao poput božićne slame. Kad bismo ih posjetili, baba Ruža nam je u kuhinji pružala kriške kruha namazane pekmezom od šljiva. U predsoblju, pokrivenom crvenom šesterokutnom opekom, stajala je, pokrivena ponjavom, stelaža s nekoliko knjiga i mnoštvom starih ilustriranih časopisa i revija,

gangsgewölbe ihres baufälligen Häuschens, neben einem Stapel schmieriger und vergilbter Comics, und meine Augen fuhren gierig über die aufregenden kleinen Szenen. Manchmal kam die Mutter des Knaben, eine kleine, rundliche Herzegowinerin, in den Vorraum hinaus und ermunterte mich, ja nur zu lesen, ohne Angst, ich könnte irgendwen stören. Unsere ersten Nachbarn auf der westlichen Seite waren zwei alte Leute und ihre erwachsene Tochter, eine geistig Behinderte. Sie waren entfernte Verwandte von uns: Unser Urgroßvater und der alte Nachbar redeten sich gegenseitig noch immer mit Koljenović an. Ivo Zrimić, dem Schnaps zugetan, hatte sich in jener Zeit, als die landwirtschaftliche Genossenschaft zerfiel, als unfähig erwiesen, sich auf eigene Füße zu stellen. Er war verarmt. Die einzige Tochter schickten sie auf Schulen in die Stadt, nach ein paar Jahren erkrankte sie. Zu unserer Zeit lebten sie schon im reglosen Auskosten der Niederlage. Ihre Zimmer hatten Lehmböden voller kleiner Hügel und Täler. Die schmalen Fenster mit den gerippten Fensterläden ließen die Dämmerung eines Taubenschlags hinein, im Sommer kühl, im Winter warm wie das Weihnachtsstroh. Wenn wir sie besuchten, bot uns Oma Ruža in der Küche einen Kanten Brot bestrichen mit Pflaumenmus an. Im Vorzimmer, ausgelegt mit roten sechseckigen Ziegeln,

ljubavnih i vestern-romana, sentimentalno blago nekadašnje gimnazijalke kojoj su roditelji mogli, iz posljednjih zaliha, priuštiti takvu razonodu. Teta Janja, vlasnica tog tužnog carstva, oboljelih živaca, nukala nas je da si uzmemo revija i romana na čitanje.

Čitao sam svašta, knjigu za knjigom. Sve je to prošlo kroz mene ne ostavljajući trajnijega traga, kao što kišnica protječe kroz oluk. Uskoro sam počeo osjećati prve znake zasićenosti. Otvorio bih knjigu, pročitao nekoliko prvih redaka – i misli bi mi odlutale. Ponestajalo mi je volje za iscrpno čitanje. Romansirani životopisi povijesnih velikana od Gerharda Ellerta, primjerice, značili su mi nesvladljivu prepreku. Oduševljavao sam se Attilom-osvajačem, ali sam malaksavao u jalovim bespućima knjige. Hvatala me vrtoglavica od veličine i drevnih imena svijeta, od ponora vremena; knjiga me gušila svojom sitničavošću. Dopale su mi se posljednje rečenice: »Na obalama Istera pjeva dvije stotine Huna posmrtne pjesme; hitri konjanici odnose posmrtnu tužaljku dalje, na

gab es, von einem Leintuch bedeckt, eine Stellage mit ein paar Büchern und einer Menge alter illustrierter Zeitschriften und Revuen, mit Liebes- und Westernromanen, der sentimentale Schatz einer einstigen Gymnasiastin, der ihre Eltern aus den letzten Reserven eine solche Unterhaltung hatten zukommen lassen. Tante Janja, die nervenkranke Besitzerin dieses traurigen Reiches, forderte uns auf, die Revuen und Romane zum Lesen mitzunehmen.

Ich las alles mögliche, Buch für Buch. Alles ging durch mich hindurch, ohne eine bleibende Spur zu hinterlassen, wie Regenwasser, das durch die Traufe rinnt. Bald begann ich erste Zeichen von Sättigung zu empfinden. Ich schlug ein Buch auf, las die ersten Zeilen – und meine Gedanken irrten ab. Mir war der Wille zum erschöpfenden Lesen abhanden gekommen. Die Romanbiographien historischer Größen von Gerhard Ellert[13] zum Beispiel bedeuteten für mich ein unüberwindliches Hindernis. Für Attila den Eroberer konnte ich mich noch begeistern, aber in den wüsten Einöden des Buches ermattete ich. Mich ergriff ein Schwindel vor der Größe und den uralten Namen der Welt, vor den Abgründen der Zeit; das Buch erstickte mich mit seiner Liebe zum Detail. Gefallen fanden die letzten Sätze: »An den Ufern des Ister sangen zweihundert Hunnen die Toten-

sjever sve do Ledenog mora, na jug sve do Meotskih močvara i daleko, daleko na istok …«

lieder; hurtige Reiter trugen die Totenklage weiter, nach Norden bis zum Eismeer, nach Süden bis zu den Mäotischen Sümpfen und weit, weit nach Osten …«

VI.

Dolazila su kišovita i vlažna proljeća. Dok hodamo za stadom, noge nam šljapkaju u vodi. Oko nas razdragano trče mokri psi. Popodneva su obasjana odbljescima sunca u nebrojenim lokvama. Predvečer, nisko nad poljima lebdi velo bijele magle. Kasnije danima puše topli proljetni vjetar, isušujući ravnicu. Negdje daleko bruji poljoprivredni avion-dvokrilac, izgubljen u bespuću. Njegove melankolične zvuke, ispunjene metafizičkom tugom, vjetar donosi u času kad se avion propinje i zatim u polukrugu vraća nad usjeve. Ponekad zna odjednom doletjeti nad pašnjak i napraviti krug, začuđujuće golem i bacajući tamnu sjenku, tjerajući zaplašene krave u pomamni, iskonski bijeg.

Ljeto provodimo u visokoj rascvaloj travi, tragajući za fazanima i jarebicama i spašavajući njihove piliće od naših čupavih pasa, tih ravnodušnih ubojica.

U blizini neke kolibe naišli smo na srditi pčelinjak. Moj ga pas uznemiri, i pčele, sunčeva vojska,

VI.

Es kamen regnerische und feuchte Frühlinge. Wenn wir der Herde nachgingen, platschten unsere Füße im Wasser. Verspielt tobten die nassen Hunde um uns herum. Die Nachmittage waren beschienen vom Aufblitzen der Sonne in unzähligen Pfützen. Gegen Abend schwebte niedrig über den Feldern ein Schleier weißen Nebels. Später blies tagelang der warme Frühlingswind und trocknete die Ebene aus. Irgendwo in der Ferne brummte der landwirtschaftliche Doppeldecker, verloren in der Unwegsamkeit. Sein melancholisches, von metaphysischer Trauer erfülltes Geräusch trug der Wind in dem Moment heran, wenn das Flugzeug stieg und dann im Halbkreis über die Aussaaten zurückkehrte. Manchmal konnte es ganz plötzlich über der Weide auftauchen und einen Kreis beschreiben, verwunderlich riesig und einen dunklen Schatten werfend trieb es die erschrockenen Kühe in wilde, instinktive Flucht.
Den Sommer verbrachten wir im hohen blühenden Gras, auf der Suche nach Fasanen und Rebhühnern, wobei wir ihre Kücken vor unseren struppigen Hunden, diesen gleichmütigen Mördern, zu retten versuchten.
In der Nähe einer Hütte stießen wir auf einen wütenden Bienenstock. Mein Hund hatte ihn

strašno me izujedaše. Preživio sam tu nesmotrenost zahvaljujući otpornosti naslijeđenoj od predaka.

Jednoga dana, naši psi otkriše u guštari srnu kojoj je lovačka sačma otkinula prednje noge. Ona pokuša bježati na batrljcima iz kojih strše slomljene bijele kosti. Pažljivo je uhvatismo i odnijesmo kući, noću, kradomice, obasipljući je nježnošću – ne bismo li joj ublažili nijeme boli. Naš je otac ondje samilosno zakla, žureći da je oslobodi muka opstanka.

U vrijeme školskih praznika za Dan Republike, večeri su već prilično hladne. Na putu kroz šumu nagomilali bismo suhog lišća i zapalili ga, osvjetljavajući tamna stabla iznenadnim velikim plamenom.

Jedan od najljepših savjeta kojih se valja pridržavati za boravka u šumi jest onaj japanskog zen-redovnika Joshide Kenkoa:

»Nikada ne biste smjeli prinijeti nosu i mirisati mlade rogove srndaća. U njima su sićušni crvi koji će vam upuzati u nos i požderati vam mozak.«

aufgescheucht, und die Bienen, dieses Sonnenheer, stachen mich fürchterlich. Ich überlebte diese Unbesonnenheit dank der von meinen Vorfahren ererbten Widerstandskraft.
Eines Tages entdeckten unsere Hunde im Dikkicht ein Reh, dem das Schrot des Jägers die Vorderläufe abgerissen hatte. Es versuchte auf den Stümpfen zu fliehen, aus denen die gebrochenen weißen Knochen hervorragten. Vorsichtig fingen wir es, brachten es nach Hause, heimlich in der Nacht, und überschütteten es mit Zärtlichkeit – um ihm vielleicht seine stummen Schmerzen zu mildern. Dort tötete es unser Vater barmherzigerweise und im Bestreben, es von der Qual seiner Existenz zu befreien.
Während der Schulfeiern zum Tag der Republik waren die Abende schon ziemlich kühl. Auf dem Weg durch den Wald häuften wir trockenes Laub auf; steckten es an und beleuchteten damit die dunklen Bäume mit plötzlichen großen Flammen.
Einer der schönsten Ratschläge, die man bei einem Aufenthalt im Wald beherzigen sollte, ist jener des japanischen Zenmönches Joshida Kenko:
»Niemals dürft ihr die jungen Kricken eines Rehbocks an die Nase führen und daran riechen. In ihnen sind winzige Würmer, die euch in die Nase kriechen und euch das Gehirn auffressen werden.«

Rogove jelena i srndaća nalazili smo najčešće na mekom tlu pored vode. Neki od tih rogova bili su već sasvim pobijeljeli, suhi, šupljikavi, gotovo lišeni težine; drugi su bili mladi, prekrasnih tamnih šara, svježe otpali i takoreći još natopljeni sokovima plemenite životinje. Miris njihova korijena, na kojemu se još uvijek opaža trag krvave mrlje i nekoliko smeđih dlaka, bio je pomalo opor i neugodan, pravi šumski miris, kao što je to i slatkasti miris vode iz šumskog bunara.

Dok krave pasu po sjenovitoj prosjeci, ja sjedim na natrulom panju, okružen jatom otrovnih gljiva. Odjednom, moj pas donosi u zubima rog mladog srndaća s jednim paroškom. Rog je oštećen pri vrhu, stoga rasklapam nož i pažljivo ga šiljim. Od paroška oblikujem oštru kuku, kao na eskimskim kopljima za ribolov. Uskoro držim u ruci to iskonsko oružje, savršenu krivotvorinu, arheološki nalazak, lažni bodež lažnog pračovjeka. Što me može spriječiti da vjerujem kako sam bodež zaista pronašao, u odronjenom tlu pored potoka? Čvrsto ga stežem u šaci i čekam da me nadahne divljom krvožednošću drevnog čopora. Čuvaj me se,

Das Geweih von Hirschen und Rehböcken fanden wir zumeist auf dem weichen Boden neben einem Gewässer. Manche dieser Geweihe waren völlig gebleicht, trocken, porös, fast ihres Gewichts beraubt; andere waren jung, mit wunderschönen dunklen Zeichnungen, frisch abgefallen und sozusagen noch mit den Säften des edlen Tieres getränkt. Der Geruch ihrer Wurzel, an dem noch immer die Spur körnigen Blutes und einige braune Haare zu bemerken waren, war ein wenig herb und unangenehm, ein richtiger Waldgeruch, so wie es auch der süßliche Geruch des Wassers aus einem Waldbrunnen ist.
Während die Kühe auf einer schattigen Schneise weiden, sitze ich auf einem morschen Baumstumpf, umgeben von einer Schar giftiger Pilze. Plötzlich bringt mein Hund in seinen Zähnen die Kricke eines jungen Rehbocks, eines Spießers. Die Kricke ist an der Spitze beschädigt, deshalb klappe ich mein Messer auf und spitze sie vorsichtig zu. Aus dem Ende forme ich einen scharfen Haken, wie bei einem Speer, den die Eskimos zum Fischfang benutzen. Bald halte ich diese urtümliche Waffe in der Hand, eine vollendete Fälschung, ein archäologischer Fund, ein falscher Dolch eines falschen Urmenschen. Was kann mich daran hindern zu glauben, daß ich den Dolch tatsächlich gefunden habe, im weggebrochenen

civilizirani svijete! Jednog dana zatražit ću od tebe da mi položiš račune za sve što si činio u mojoj odsutnosti.

Jedne proljetne večeri, na istoku, posve nisko nad obzorom, pojavila se čudna crvena zvijezda. Gorjela je cijele noći. Sutradan smo se zaputili njenim tragom, daleko, sve do ruba šume i dalje, nekom pustom vjetrometinom državnih zemljoposjeda. Tada smo ga ugledali: željezni toranj, nalik svemirskoj raketnoj rampi. Bio je podignut od mnoštva crnih čeličnih prečaka, stremeći uvis – kako bi prodro duboko u utrobu zemlje. Bio je to bunar bez dna, čije neumorne cijevi buše sve dublje i dublje, tragajući za nečim mnogo skrivenijim i strašnijim od vode, bunar na kojemu se gasi žeđ modernog čovječanstva. Na vrhu tornja bili su pričvršćeni reflektori – crvena zvijezda koju smo ugledali na obzoru.

Okolina tornja vrvjela je radnicima i vozilima. Njihovi povici bijahu povici hajkača. Pometnja kojoj je skroviti smisao lov na nevidljivu životinju, podzemnu tekuću životinju, Naftu. Pokusna bušotina u toj ravnici isprva je obećavala. Radnici su

Erdreich neben dem Bach? Fest presse ich ihn in der Faust und warte, daß er mich mit der wilden Blutrünstigkeit der alten Rotte erfüllt. Hüte dich vor mir, zivilisierte Welt! Eines Tages werde ich Rechenschaft von dir verlangen für alles, was du in meiner Abwesenheit getan hast.

Eines Frühlingsabends zeigte sich im Osten, ganz tief über dem Horizont, ein seltsamer roter Stern. Er brannte die ganze Nacht. Am nächsten Tag setzten wir uns auf seine Spur, weit, ganz bis zum Waldrand und weiter, über die windige Einöde einer Staatsdomäne.

Dann erblickten wir ihn: ein eiserner Turm, vom Aussehen einer Weltallraketenrampe. Er war aus einer Menge schwarzer Stahltraversen errichtet, strebte in die Höhe – um tief in den Leib der Erde einzudringen. Es war ein Brunnen ohne Boden, dessen unermüdliche Rohre immer tiefer und tiefer bohrten, auf der Suche nach etwas viel Verborgenerem und Schrecklicherem als Wasser, ein Brunnen, an dem die moderne Menschheit ihren Durst löscht. An der Spitze des Turmes waren Reflektoren befestigt – der rote Stern, den wir am Horizont erblickt hatten.

Die Umgebung des Turms wimmelte von Arbeitern und Fahrzeugen. Ihre Rufe waren die Rufe von Treibern. Ein Durcheinander, dessen verborgener Sinn die Jagd auf ein unsichtbares Tier war,

se smjenjivali i noću. Ali na izmaku ljeta lovina im je počela izmicati. S posljednjim danima pod uzavrelim zviježđem Psa, jenjala je i njihova užurbanost. Posustali su; Nafta je pobjegla izvan dohvata njihovih cijevi s proždrljivim sisaljkama, izgubila se u labirintima zemljinih slojeva, iscurila im između prstiju i pomiješala se s pijeskom i glinom svijeta. Počeli su izvlačiti svoja svrdla i cijevi na površinu, prikupljati okrutni pribor lovaca na Naftu. Rasklopiše toranj. Promatrali smo njihov odlazak u teškim natrpanim kamionima, nalik na odlazak cirkusa poslije gostovanja.

Sve što je iza tragača Nafte ostalo bila je jedna masna blatnjava bara, okružena zemljanim nasipom na kojemu je bila podignuta ograda od pletene žice. Tu i tamo ležali su čudnovati otpaci geološke kirurgije, zamašćene krpe, gnojni zavoji neuspjele operacije. Naokolo se prostiralo veliko žitno strnište, pobijeljelo od sunca.

Satima sam sjedio na nasipu iznad masne bare, čiju su površinu pokrivale ploče skrutnutog mulja nalik na ljušturu prastarih gmazova. Bara je zaudarala. Kad biste dotaknuli njenu naizgled čvrstu

ein unterirdisch fließendes Tier, Erdöl. Die Versuchsbohrung in dieser Niederung war anfangs vielversprechend gewesen. Mit den letzten Tagen unter dem aufglühenden Gestirn des Hundes war auch ihre Hast und Eile verhallt. Das Unternehmen wurde abgebrochen; das Erdöl war aus der Reichweite ihrer gefräßigen Pumpenrohre geflohen, hatte sich in den Labyrinthen der Erdschichten verloren, war ihnen durch die Finger geronnen und hatte sich mit dem Sand und Ton der Welt vermischt. Man zog Bohrer und Rohre wieder an die Oberfläche und sammelte das große Geschirr der Erdöljäger ein. Der Turm wurde abmontiert. Wir beobachten den Abzug auf schwerbeladenen Lastwagen, es sah aus wie der Abzug eines Zirkus nach einem Gastspiel.

Alles, was hinter den Erdölsuchern zurückblieb, war ein fettiger schmieriger See, umgeben von einem Erdwall, auf dem ein Maschendrahtzaun errichtet war. Hier und da lagen die seltsamen Abfälle der geologischen Chirurgie herum, verschmierte Lappen, eitrige Verbände einer erfolglosen Operation. Ringsum breitete sich ein großes Stoppelfeld aus, gebleicht von der Sonne. Stundenlang saß ich auf dem Erdwall über dem Fettsee, dessen Oberfläche Platten aus geborstenem Schlamm bedeckten, die an die Panzer uralter Reptilien erinnerten. Der See stank. Wenn man

površinu, ljuštura bi se zanjihala amo-tamo s nekom odurnom gibljivošću, kao da se ispod nje nalazi nešto živo. Bio je to pretpotopni mulj, organski sadržaj zemljine utrobe, materijalizirana smrt davnih bića, praprošlost – izvučena na površinu zahvaljujući crpkama Civilizacije. Udisao sam trulu slatkoću davnine, mirise svijeta otprije mnogo milijuna godina. Prizori iz geološke prošlosti, prikazani u ilustriranim enciklopedijama i udžbenicima Evolucije, postajali su mi na mah gotovo opipljivi. Sjedeći uz baru živog blata pretpovijesti, uzbuđeno sam osluškivao huku vremena.

Mosul je grad u Iraku, na gornjem Tigrisu, značajno mjesto u preradi bliskoistočne nafte. Ondje je 628. godine bizantski car Heraklije slomio snagu Perzije. Po drevnom gradu Mosulu dobila je ime i jedna vrsta fine istočnjačke tkanine, *muslin*. Jedan od mojih predaka s majčine strane vratio se iz nekog rata s novostečenom navikom da oko vrata nosi rubac od muslina. Njegovi suseljani, oduvijek osjetljivi na takve ekstravagancije, prozvaše ga stoga Mušulin. Nadimak se kasnije ustalio

seine auf den ersten Blick feste Oberfläche berührte, begann der Schuppenpanzer hier und da mit widerlicher Nachgiebigkeit zu schwappen, als würde sich darunter etwas Lebendiges befinden. Es war vorsintflutlicher Schlamm, der organische Inhalt des Erdbauches, der materialisierte Tod längst vergangener Wesen, Urvergangenheit – herausgezogen an die Oberfläche dank den Pumpen der Zivilisation. Ich atmete die faule Süße der Urzeit, die Gerüche einer Welt von vor vielen Millionen Jahren. Die Szenen aus der geologischen Vergangenheit, wie sie in den illustrierten Enzyklopädien und Lehrbüchern der Evolution dargestellt wurden, waren für mich auf einen Schlag greifbar. An diesem See aus lebendigem Morast der Vorgeschichte sitzend, lauschte ich erregt dem Brausen der Zeiten.

Mossul ist eine Stadt im Irak, am oberen Tigris, ein bedeutender Ort der Erdölverarbeitung im Nahen Osten. Dort brach im Jahre 628 der byzantinische Kaiser Heraklios die Macht Persiens. Von der alten Stadt Mossul hat auch ein feines orientalisches Gewebe seinen Namen, der *Musselin*.

Einer meiner Vorfahren mütterlicherseits war aus einem Krieg mit der neu erworbenen Gewohnheit zurückgekehrt, ein Tuch aus Musselin um den Hals zu tragen. Seine Dorfgenossen, seit jeher

kao obiteljski pridjev. Tako je, igrom slučaja, taj stari šokački rod postao u neku ruku prezimenjakom Benita Mussolinija.

Mušulinovi, donedavno jedna od najimućnijih i najuglednijih šokačkih obitelji, prolaze danas dolinom suza i tame, samim dnom svoje ekonomske i moralne degradacije. Žive u velikoj starinskoj kući, koja se raspada. Zimi se u toj kući grije samo jedan sobičak, tada se u njemu svi tiskaju. Troje ih je (sada, nakon bakine smrti): kobno trojstvo šokačkih izumiranja. U sobičku, jedan pokraj drugog, stoje stari štednjak na drva i televizor. Na suprotni zid naslonjen je drveni umivaonik s potamnjelim zrcalom, nakrivljen, trulih nogu, i jedan udubljeni otoman. Između troje stanara traje neprekidni rat za vlast nad tim oronulim otomanom.

Moj bratić Ivica, dobroćudni tridesetogodišnjak, zaposlen je na željezničkom kolodvoru u Vinkovcima. Kada se vrati iz smjene, pada na otoman (dakako, ako ga ujak već ne zaposjeda), i spava nekoliko sati kao zaklan, odjeljujući se tim zidom

empfänglich für solche Extravaganzen, nannten ihn deshalb Mušulin. Dieser Spitzname verfestigte sich später als familiärer Beiname. So wurde durch ein Spiel des Zufalls dieses alte Schokzengeschlecht gewissermaßen zum Namensvetter von Benito Mussolini.

Die Mušulins, einst eine der wohlhabendsten und angesehensten Schokzenfamilien, wandern heute durch ein Tal der Tränen und der Finsternis, am tiefsten Boden ihres ökonomischen und moralischen Abstiegs. Sie leben in einem großen altertümlichen Haus, das langsam zerfällt. Im Winter wird in diesem Haus nur ein Zimmerchen geheizt, dort drängen sich alle zusammen. Drei sind es (jetzt, nach Großmutters Tod): eine schicksalshafte Dreifaltigkeit des Schokzensterbens. In dem Zimmerchen stehen nebeneinander ein alter, mit Holz geheizter Herd und der Fernseher. An der gegenüberliegenden Wand lehnt ein hölzernes Waschbord mit angelaufenem Spiegel, schief, mit morschen Beinen, und kauert eine durchgelegene Ottomane. Zwischen den drei Bewohnern währt ein ununterbrochener Krieg um die Herrschaft über diese altersschwache Ottomane.

Mein Vetter Ivica, ein gutmütiger Dreißiger, ist beim Bahnhof Vinkovci beschäftigt. Wenn er von der Schicht zurückkehrt, läßt er sich auf die Ottomane fallen(das heißt, wenn der Onkel sie nicht

zaborava i sna od jalovih i ponižavajućih dužnosti najnižeg željezničkog službenika. Dok spava, ne smeta mu svjetlost električne žarulje ni galama koja obično vlada u sobičku, zahvaljujući čestim posjetima susjeda, ujakovih rakijskih pajdaša, baba koje dolaze po dnevnu bocu mlijeka. Povrh toga, televizor je bez prestanka uključen. Ukućani su navikli da među sobom vrlo glasno razgovaraju. Tišina je ondje upravo zazorna. Ali kao što rekoh, Ivica se na sve to uopće ne obazire, već spava kao mrtav, bez ijedne kretnje, u hlaćama koje mu se napinju na debelim butinama, dok mu pozamašan trbuh – bakhovski gol – dopola izviruje ispod tijesna pulovera. Ivica je pravi fanatik sna, njegov najvjerniji podanik, i sve što se oko njega zbiva nema utjecaja na tijek tog moćnog sna, koji se prekida tek kada se sam od sebe dokrajči, kada se potroši iznutra, sve do posljednje zalihe umora u tom zdepastom tijelu.

Najčešći je gospodar otomana, međutim, naš ujak. On ga obično zaposjeda s takvom prirodnošću položaja, s tolikom beznadnošću promjene, i na-

okkupiert hat) und schläft ein paar Stunden wie erschlagen, um sich durch diese Wand des Vergessens und Schlafens von den ärmlichen und erniedrigenden Pflichten eines niedrigen Eisenbahnbeamten abzugrenzen. Während er schläft, stört ihn weder das Licht der elektrischen Birne noch der Lärm, der gewöhnlich in dem kleinen Zimmer herrscht, dank den häufigen Besuchen der Nachbarn, Saufbrüdern des Onkels, und der alten Weiber, die ihre tägliche Flasche Milch holen kommen. Außerdem läuft ununterbrochen der Fernseher. Die Hausbewohner sind daran gewöhnt, miteinander sehr laut zu reden. Stille ist dort geradezu etwas Anstößiges. Aber wie gesagt, Ivica kümmert all das überhaupt nicht, er schläft wie tot, bewegungslos, in einer Hose, die sich auf den dicken Schenkeln spannt, während sein umfangreicher Bauch – bacchisch nackt – zur Hälfte unter dem engen T-Shirt hervorschaut. Ivica ist ein wahrer Schlaf-Fanatiker, sein treuester Ergebener, und nichts von dem, was um ihn herum vor sich geht, hat Einfluß auf den Ablauf dieses mächtigen Schlafes, der erst unterbrochen wird, wenn er sich von selbst beendet, wenn er sich von innen her aufgebraucht hat, bis zu den letzten Müdigkeitsreserven in diesem gedrungenem Körper.
Der häufigste Beherrscher der Ottomane ist indessen unser Onkel. Er nimmt sie gewöhnlich mit einer derartigen Natürlichkeit der Position in

pušta ga toliko nerado – da mi se uvijek činilo nekakvom *contradictio in adiecto* ako bi na otomanu ležao tko drugi.

Pod utjecajem kroničnog trovanja alkoholom, naš ujak prolazi naizmjence kroz stadije epileptičkog bjesnila i pomirljive malaksalosti. No, i najveći njegovi ispadi sadrže neku neodoljivu komedijantsku crtu, neku neiskrenu i hinjenu pozadinu. Slučaj bizarnog samoubojstva u mjesnoj gostionici, otprije nekoliko godina, kada se muškarac srednjih godina iz neutvrđenih razloga polio benzinom i potom zapalio, izazvavši usput i požar – ispunio je ujaka iznenadnim nadahnućem. Baka je u to vrijeme još bila na životu. Podižući neopisivu larmu, psujući i grmeći protiv ukućana, susjeda i države, ujak je dohvatio iz šupe bocu s herbicidom i teatralno je podigao iznad glave, držeći u drugoj ruci upaljenu žigicu, prijeteći da se istog časa spaliti, u znak krajnjeg prosvjeda protiv svijeta, države i Boga … Baka je za to vrijeme, bolesna i pogrbljena, lomila ruke i zdvajala: »Isuse, smiluj nam se, zapalit će nam kuću, poludio je, izgorjet će nam kuća …«

Besitz, mit einer derartigen Hoffnungslosigkeit auf Veränderung, und verläßt sie so ungern – daß es mir immer wie eine Art *contradictio in adiecto* erschienen ist, wenn auf der Ottomane jemand anderes lag.
Unter dem Einfluß chronischer Alkoholvergiftung durchlief unser Onkel abwechselnd Stadien epileptischer Raserei und friedlicher Erschlaffung. Aber auch die stärksten Anfälle hatten eine unwiderstehliche komödiantische Linie, einen unaufrichtigen und simulierten Hintergrund. Der Fall eines bizarren Selbstmordes im Ortslokal vor ein paar Jahren, als sich ein Mann in mittleren Jahren aus unerfindlichen Gründen mit Benzin übergossen und dann angesteckt und dabei noch einen Brand verursacht hatte – flößte dem Onkel unverhoffte Inspiration ein. Großmutter war zu diesem Zeitpunkt noch am Leben. Einen unbeschreiblichen Lärm machend, unter Flüchen und Beschimpfungen gegen die Hausbewohner, die Nachbarn und den Staat, holte der Onkel eine Flasche Pflanzengift aus dem Schuppen und hielt sie theatralisch über den Kopf, hielt in der anderen Hand ein brennendes Streichholz und drohte, sich im selben Moment anzuzünden, zum Zeichen des äußersten Protestes gegen die Welt, den Staat und Gott ... Großmutter, krank und gekrümmt, rang unterdes die Hände und jammerte: »Oh

Nakon nekog vremena, iscrpivši zalihe svoje mahnitosti, ujak je ipak odustao od namjere da se demonstrativno spali iz očaja i odložio herbicid, koji uostalom, kao što je poznato, i ne može gorjeti. Jesen, sa svojim iznova napunjenim bačvama, redovito bi donosila još jednu mračnu sezonu užasnih mahnitanja. Božić je naš ujak dočekivao oslanjajući se na štap, ispijen i drhtav, zarastao u rijetku žutu bradu i pretvoren u starca. Tada bi ga mlado sunce ipak iznova oživljavalo i on je, s približavanjem proljeća, polako obnavljao izgubljenu snagu.

Živimo u doba rasula pradjedovskih imetaka i nimalo dostojanstvenog izumiranja nekoć uglednih obitelji. Bijeda kuca na mnoga vrata. Vrijeme slavnih predaka i odlučnih glava obitelji nepovratno je prošlo. Mušulinovi čuvaju uspomenu na jednog šukundjeda, značajnog pobočnika u galeriji predaka, koji je u obitelji poznat pod naslovom Djed Major. O tom časniku austrijske vojske, oholom sinu devetnaestog stoljeća, slušao sam priče iz usta čiča File, njegova potomka po drugoj

Gott, erbarm dich unser, er steckt uns das Haus an, er ist verrückt geworden, unser Haus wird abbrennen ...«

Nach einiger Zeit, nachdem der Quell seiner Raserei versiegt war, ließ der Onkel doch von seiner Absicht ab, sich aus Verzweiflung demonstrativ in Brand zu stecken, und stellte das Pflanzenschutzmittel zurück, das übrigens gar nicht brennen kann.

Der Herbst mit seinen neuerlich gefüllten Fässern brachte regelmäßig noch eine finstere Saison schrecklicher Rasereien. Weihnachten hatte unser Onkel auf einen Stock gestützt erlebt, ausgezehrt und zittrig, von einem schütteren gelben Bart überwuchert und in einen Greis verwandelt. Dann gelang es der jungen Sonne doch, ihn wieder mit Leben zu erfüllen, und er konnte mit dem herannahenden Frühling seine verlorene Kraft allmählich erneuern.

Wir leben in einer Zeit des Zerfalls der urgroßväterlichen Besitztümer und eines keineswegs würdigen Aussterbens einst angesehener Familien. An viele Türen klopft die Armut. Die Zeit der berühmten Vorfahren und tatkräftigen Familienoberhäupter ist unwiederbringlich dahin. Die Mušulins pflegen die Erinnerung an einen Ururgroßvater, einen bedeutenden Flügeladjutanten, in ihrer Ahnengalerie, der in der Familie unter

liniji te, dakle, moga dalekog rođaka. Čiča Fila govori o Djedu Majoru jedino pod njegovim krsnim imenom, dakle kao o Josipu Glavačeviću: on je, naime, siguran da je časnik Josip Glavačević u svojoj vojničkoj karijeri dopro dalje od stupnja majora (barem do pukovnika). Nije jasno, međutim, kako se dogodilo da je nepouzdana rodbinska predaja fiksirala uspon tog uzoritog muža na majorskom stupnju.

Po svemu sudeći, čiča Fila je posljednji i najrevniji živući čuvar uspomene na tog čovjeka kojeg nikada nije vidio svojim očima, o kojemu je jedino slušao od svojih roditelja; on posjeduje neku staru austrougarsku vojnu enciklopediju, obiteljsku relikviju koja se predaje s koljena na koljeno, i u kojoj je ime Josipa Glavačevića zavedeno među pješadijskim časnicima. Prije podosta godina (»kako vrijeme leti, drago moje dijete!«), on je hodočastio na Djed Majorov grob na Sušaku, gdje je ovaj za života službovao. Posjeduje i nekoliko malenih dagerotipija i požutjelih fotografija. Na njima je časnikov lik prikazan u društvu nepo-

dem Titel Großvater Major firmiert. Von diesem Offizier der österreichischen Armee, einem dünkelhaften Sohn des neunzehnten Jahrhunderts, hörte ich Geschichten aus dem Mund von Onkel Fila, einem Nachkommen in zweiter Linie, das heißt, einem fernen Verwandten von mir. Onkel Fila sprach von Großvater Major lediglich unter seinem Taufnamen, also von Josip Glavačević: Er war sich nämlich sicher, daß es der Offizier Josip Glavačević in seiner Militärkarriere weiter gebracht hatte als bis zum Majorsrang (mindestens zum Obersten). Es ist indessen nicht klar, wie es geschehen konnte, daß eine unzuverlässige Familienüberlieferung den Aufstieg dieses eminenten Mannes im Majorsrang fixiert hatte.

Nach alldem zu urteilen ist Onkel Fila der letzte und ärmste lebende Bewahrer der Erinnerung an diesen Menschen, den er nie mit eigenen Augen gesehen, von dem er lediglich durch seine Eltern gehört hat; er besitzt eine alte österreichisch-ungarische Militärenzyklopädie, eine Familienreliquie, die »von Knie zu Knie«, von Generation zu Generation weitergegeben und in der ein Josip Glavačević unter den Infanterieoffizieren angeführt wird. Vor vielen Jahren (»wie die Zeit verfliegt, mein liebes Kind!«) war er zu Großvater Majors Grab nach Sušak gepilgert, wo dieser zu Lebzeiten seinen Dienst versehen hatte. Er besaß

znatih dama (ljubavnica? supruga?). Sve ostalo su riječi: neuhvatljive priče kojih je postojanje dvojbeno i koje će definitvno umrijeti skupa s njim. Koji je skriveni smisao tog bezazlenog čiča Filinog kulta, te male kapelice predaka? Josip Glavačević, nekoć ambiciozan časnik Monarhije, jedini je predak dostojan štovanja što ga je čiča Fila, napinjući oči u tami genealogije, uspio otkriti u svome vidokrugu. Mnoštvo beznačajnih osoba, koje su proživjele svoj zemni vijek takoreći neprimijećeno, ne ostavivši traga i ne izdignuvši se ponad ostalih, kao da nalazi svoje iskupljenje u ikarovskoj sudbini visokog carskog časnika. To je napokon jedan predak kakvog si čiča Fila priželjkuje, predak po mjeri njegovih potreba, i on ne može prema njemu ostati ravnodušan. Ganut, najradije bi ga zagrlio; ili mu možda poljubio ruku; ali taj mu oholi predak izmiče. Čiča Fila se zadovoljava otegnutim pričama, punim pauza i domišljanja, usporenim brojnim rezervama i uzgrednim umovanjima – sve to kako oskudni kapital pouzdanih činjenica ne bi bio prebrzo potrošen.

auch einige kleinere Daguerreotypien und vergilbte Fotografien. Auf ihnen war die Gestalt des Offiziers in Gesellschaft unbekannter Damen (Liebhaberinnen? Gattinnen?) dargestellt. Alles Übrige sind Worte, nicht greifbare Geschichten, deren Existenz zweifelhaft ist und die definitiv zusammen mit ihm sterben werden.
Was ist der verborgene Sinn von Onkel Filas harmlosem Kult, dieser kleinen Ahnenkapelle? Josip Glavačević, einst ein ambitionierter Offizier der Monarchie, ist der einzige verehrungswürdige Vorfahre, den Onkel Fila, seinen angestrengten Blick ins Dunkel der Genealogie gerichtet, in seinem Gesichtskreis zu entdecken vermocht hatte. Eine Vielzahl unbedeutender Personen, die ihre Erdenfrist sozusagen unbemerkt durchlebt haben, ohne eine Spur zu hinterlassen und sich über die anderen zu erheben, scheint ihre Erlösung in dem Ikarusschicksal dieses hohen kaiserlichen Offiziers zu finden. Das ist endlich ein Vorfahre, wie Onkel Fila ihn sich wünscht, ein Vorfahre nach dem Maß seiner Bedürfnisse, und er kann ihm gegenüber nicht gleichgültig bleiben. Er würde ihn am liebsten gerührt umarmen oder ihm vielleicht die Hand küssen, aber dieser dünkelhafte Vorfahre entzieht sich ihm. Onkel Fila gibt sich mit langgezogenen Geschichtchen voller Pausen und Einbildungen zufrieden, mit zahl-

Iskopavajući, ispod nanosa godina, tog senzacionalnog pretka, čiča Fila zapravo iznosi na vidjelo sebe sama. Nesklona sudbina udijelila mu je ovu premalo dostojanstvenu ulogu, ovo neslavno vrijeme na koje se tako često žali. Ipak, u duši, on se osjeća aristokratom. Posrijedi je dubok, fatalan nesporazum. Svoju istinsku ulogu, svoj alter ego on prepoznaje u tom velikom pretku, koji je svoj unutarnji sadržaj realizirao. Stoga, nakon što ga je jednom pronašao, više se ne želi od njega odvojiti: on je njegovo otkriće, njegova svojina, on sâm.

Ostaje mi još da priznam da sam i ja, u jednom trenutku, prekapajući po obiteljskoj i mjesnoj prošlosti, nabasao na tu značajnu figuru. Bio sam ugodno iznenađen. Pribavio sam si jednu od preostalih fotografija: na njoj je naš junak odjeven u građansko odijelo i halbcilindar, mondeno elegantan, brkat, vidljivo ispijen bolešću koja će ga uskoro usmrtiti. Na svoju žalost, ubrzo sam otkrio da taj mali rodoslovni kult dijelim s nekolicinom drugih poštovatelja. Za moj sebični ukus, bilo nas je previše koji svojatamo tog pretka; stoga sam

reichen verzögerten Zurücknahmen und nebenbei gezogenen Schlüssen – alles nur, um das spärliche Kapital der zuverlässigen Tatsachen nicht allzu rasch aufzubrauchen.

Indem er diesen sensationellen Vorfahren unter den Ablagerungen der Jahre ausgräbt, hebt Onkel Fila genaugenommen sich selbst ans Licht. Ein abholdes Schicksal hat ihm diese wenig würdige Rolle zugeteilt, diese ruhmlose Zeit, über die er sich oft beklagt. Und doch fühlt er sich in seiner Seele als Aristokrat. Es handelt sich um ein tiefes, fatales Mißverständnis. Seine wahrhafte Rolle, sein *alter ego* erkennt er in diesem großen Vorfahren, der seinen inneren Gehalt realisiert hat. Deshalb will er sich, nachdem er ihn nun einmal gefunden hat, nicht mehr von ihm trennen: Er ist seine Entdeckung, sein Eigentum, er selbst.

Mir bleibt nur übrig zu gestehen, daß auch ich in einem Augenblick, beim Stöbern in der familiären und lokalen Vergangenheit, auf diese bedeutende Figur gestoßen bin. Ich war angenehm überrascht. Ich besorgte mir eines der übriggebliebenen Fotos: Auf ihm ist unser Held in einen bürgerlichen Anzug mit Halbzylinder gekleidet zu sehen, mondän, elegant, schnauzbärtig, sichtbar abgezehrt durch die Krankheit, die ihn bald umbringen sollte. Zu meinem Leidwesen entdeckte ich bald, daß ich diesen kleinen genealogischen

odustao. Plemenito porijeklo se ne dijeli. Ako ga ne mogu prisvojiti samo za sebe, radije ću zaboraviti na nj; odonda s iskrenom ravnodušnošću susrećem lojalne potomke svog nesuđenog šukundjeda. Za razliku od njih, ja sam nitko i ništa. Moji korijeni? Gube se u mraku šume.

Ako ne mogu imati blistave i jedinstvene pretke, radije ću biti Nitko. Moje podrijetlo je tamnije od puke građanske anonimnosti. Ja dolazim iz šume.

Kult mit einer Reihe anderer Verehrer teile. Für meinen selbstsüchtigen Geschmack waren wir zu viele, die wir uns bemühten, diesen Vorfahren zu vereinnahmen; deshalb nahm ich Abstand davon. Adelige Herkunft teilt man nicht. Wenn ich ihn nicht allein für mich haben kann, will ich ihn lieber vergessen; seither begegne ich den loyalen Nachfahren meines mir vom Schicksal nicht beschiedenen Ururgroßvaters mit aufrichtiger Gleichgültigkeit. Im Unterschied zu ihnen, bin ich ein Nichts und Niemand. Meine Wurzeln? Verlieren sich in der Dunkelheit des Waldes.

Wenn ich keine glänzenden und einzigartigen Vorfahren haben kann, will ich lieber ein Niemand sein. Meine Herkunft ist dunkler als die reine bürgerliche Anonymität. Ich komme aus dem Wald.

VII.

Bila je jesen, »aleksandrijsko godišnje doba«, vrijeme nagomilanih plodova, kada smo na svim linijama poduzeli veliku ofenzivu znanosti … Eda bismo dosegnuli visoko postavljene ciljeve, smatrali smo podjednako neophodnim znanja tako različitih disciplina kao što su: arheologija i paleontologija, etnografija i kartografija, astronomija i agronomija …

U ormare naših baka, te crvotočne tvrđave, umetnuli smo police i ispunili ih teškim redovima knjiga. Vlažne zidove prekrili smo starim zemljovidima, a i onim trenutno važećim. Otvorili smo nove, još neispisane bilježnice najvećeg formata, s otisnutim crtovljem budućih redaka.

U posljednjoj godini gimnazije, moje istraživanje dobiva neku vrstu službene potpore. Stavljeni su mi na raspolaganje stari zapisnici iz arhiva škole i župne matice. Na osobno traženje, odobren mi je uvid u ostavštinu izumrle i nekoć ugledne mjesne obitelji Brandaffy …

Pod budnim okom sadašnjih nasljednika, stupio sam u tu napuštenu kuću, u poodmaklom stadiju

VII.

Es war Herbst, die »alexandrinische Jahreszeit«, die Zeit der angehäuften Früchte, als wir an allen Fronten eine große Offensive der Wissenschaft unternahmen … Um die hochgesteckten Ziele zu erreichen, waren Kenntnisse so unterschiedlicher Disziplinen unumgänglich wie Archäologie und Paläontologie, Ethnographie und Kartographie, Astronomie und Agronomie …

In die Schränke unserer Großmütter, in diese wurmstichigen Festungen, legten wir Regalbretter ein und füllten sie mit schweren Reihen Bücher. Die feuchten Wände behängten wir mit alten Landkarten, auch mit gerade geltenden. Wir eröffneten neue, noch unbeschriebene Notizbücher größten Formats, mit vorgedruckten Linien für künftige Zeilen.

Im letzten Jahr des Gymnasiums bekommen meine Forschungen eine Art offizielle Unterstützung. Mir werden die alten Protokolle aus dem Schularchiv und dem Pfarramt zur Verfügung gestellt. Auf mein persönliches Verlangen hin wird mir die Einsichtnahme in die Hinterlassenschaft der einst angesehenen, mittlerweile ausgestorbenen lokalen Familie Brandaffy gestattet …

Unter den wachsamen Augen der jetzigen Erben betrete ich das verlassene Haus, das sich im vor-

propadanja, ali vrlo prostranu i sa, za ovdašnje pojmove, neobičnim rasporedom soba. Obilazeći odajama kuće Brandaffy, zagledavajući među crvotočne ostatke njene nekad skupocjene drvenine, polako rekonstruiram uzbudljivu i mračnu obiteljsku povijest, na samoj granici vjerojatnog. Polazeći od malobrojnih ali neprocjenjivih kućnih stvarčica (napuklih vaza i pepeljara, rasklimanih svjećnjaka, crvljivih okvira za slike, svega onoga što su sadašnji vlasnici prezreli kao bezvrijedno), a poglavito od svežnjeva pisama koja pronalazim – povezana ljubičastim trakama – u zakucima ladica, kao i od poslovnog dnevnika oca-odvjetnika, slažem taj mozaik i taj pasijans sa strašću arheologa. Nakon nekoliko tjedana, preda mnom izranja zapanjujući obiteljski roman, generacijski roman-rijeka, s podjednako dobro osvijetljenim genealoškim, ekonomskim, patološkim i erotskim aspektima …

Nažalost, prošlost naših vlastitih pređa bila je neusporedivo slabije dokumentirana. Dnevnike i pisma tu zamjenjuje obiteljska predaja, gotovo ritualno prepričavanje anegdota.

gerückten Stadium des Zerfalls befindet, aber sehr geräumig ist und eine für hiesige Begriffe ungewöhnliche Zimmeraufteilung aufweist. Bei meinen Besuchen der Gemächer des Hauses Brandaffy, beim Anblick seines einst wertvollen Mobiliars unter den wurmstichigen Überbleibseln rekonstruiere ich allmählich die erregende und dunkle Familiengeschichte, hart an der Grenze des Glaubhaften. Ausgehend von wenigen, aber unschätzbaren kleinen Haushaltsdingen (gesprungene Vasen und Aschenbecher, wackelige Kerzenhalter, wurmstichige Bilderrahmen, alles, was die jetzigen Eigentümer als wertlos erachten), vor allem aber von den Bündeln Briefe, die mit violetten Bändern verschnürt in den Ecken der Schubladen liegen, und dem Geschäftsdiarium des Vaters, eines Anwalts, lege ich dieses Mosaik, diese Patience mit der Leidenschaft des Archäologen. Nach wenigen Wochen ersteht vor mir ein verblüffender Familienroman, der Strom eines Generationenromans mit gleichmäßig gut ausgeleuchteten genealogischen, ökonomischen, pathologischen und erotischen Aspekten …

Leider ist die Vergangenheit unserer eigenen Vorfahren unvergleichlich schwächer dokumentiert. Tagebücher und Briefe sind hier durch Familienüberlieferung ersetzt, durch das fast rituelle Weitererzählen von Anekdoten.

Na raspolaganju imamo jednu kazetu na kojoj je snimljen razgovor s našim pradjedom, nekoliko godina pred njegovu smrt. Razgovor je, jedne blagdanske večeri, snimio mjesni veterinar, taj vlasnik modernih naprava. Naš pradjed, koji je snimanje shvatio kao neku vrstu istražnog postupka, kao nešto povezano s državom i uhićenjem, pripovijedao je naširoko, o svom djetinjstvu, ženidbi, a naročito o Ratu.

U ljeto 1917, pradjed je bio zarobljen na Istočnoj Fronti, u Galiciji, kod mjesta Stanislava. Bili su to događaji koji su zbog svoje udaljenosti poprimili nešto golemo, mitsko. Prisjećajući se svog školovanja u susjednom selu, na početku stoljeća, pradjed spominje učitelja Krajnovića koji ga, na kraju školske godine, gladi dlanom po glavi, kao uzorna učenika-miljenika. Ganut tom uspomenom, pradjed dodaje: »To je bilo tako davno ...«[IV]

Nešto niže, donijeli smo jedan odlomak tog izvanrednog dokumenta – onaj koji osvjetljava pradjedovu galicijsku pustolovinu. Naš je zapis potpuno doslovan, pa ipak on samo nesavršeno dočarava ritam i starinsku melodiju pradjedovih reče-

In unserem Besitz gibt es eine Kassette, auf der ein Gespräch mit unserem Urgroßvater aufgezeichnet ist, ein paar Jahre vor seinem Tod. Das Gespräch wurde am Abend eines Feiertages vom örtlichen Veterinär, dem Besitzer moderner Apparate, aufgenommen. Unser Urgroßvater, der in der Aufnahme eine Art Forschungsverfahren sah, etwas, das mit Staat und Verhör verbunden war, erzählte in aller Ausführlichkeit von seiner Kindheit, seiner Heirat und vor allen Dingen vom Krieg. Im Jahre 1917 war Urgroßvater an der Ostfront, in Galizien, beim Ort Stanislav, gefangengenommen worden. Das waren Geschehnisse, die wegen ihrer Ferne etwas Riesiges, Mythisches angenommen hatten. Sich seines Schulbesuchs im Nachbardorf zu Beginn des Jahrhunderts erinnernd, erwähnt Urgroßvater den Lehrer Krajnović, der ihm als seinem Muster- und Lieblingsschüler am Ende des Schuljahres mit der Hand über den Kopf streicht. Gerührt von dieser Erinnerung fügt Urgroßvater hinzu: »Das ist so lange her …«[14]
Weiter unten bringen wir einen Abschnitt aus diesem außerordentlichen Dokument – jenen, der das galizische Abenteuer unseres Urgroßvaters beleuchtet. Unsere Nachschrift ist wortwörtlich. Und doch kann sie den Rhythmus und die altertümliche Melodie der Sätze Urgroßvaters nur unvollkommen in Erinnerung rufen. Erwähnt

nica. Dužni smo napomenuti da pradjedov govor, prošaran vojničkim germanizmima, nije posve dosljedno zrcalo našeg mjesnog narječja: mjestimice ga uljepšavaju književni oblici.

– Kad je bilo, prvi put me na frontu odredili, to je bilo još petnejste godine odma' u siječnju, a Joza Mikoličin kaže da uzmemo mi cigare, da gutamo večeras pa sutra na marod-vizitu. Ja sam to nješta uzeo, uzeo sam ja toga nješta, ja i Mika Mikoličin. I, idemo mi na marod-vizitu, nas dva, a odrediti smo za marškumpaniju. Kad sam došo doktoru, doktor mene pregledo, napiso da sam zdrav, podsve zdrav. Ajoj, biži od toga, kud ćeš ti sad – zdrav čovjek! A Mika ne, Mika je bolestan! I Mika je zbiljam imo njekaku falinku na sebi, dok je tako i umro, naglo. On je sigurno imo njekaku falinku. A ja nisam nikake falinke imo, podsve zdrav, i više nisam 'tio ić' ni na marod-vizitu ni nikud. Idem ja na frontu. I tako je bilo.

– I, u prve redove?

– Da, u prve redove. I u prvu navalu, i odma' sam bio ranit. Prvu večer navala bila, prva, i nas poterali u pomoć tamo, k našama, ge Rusi navaljuju …

werden muß, daß Urgroßvaters Sprache, durchsetzt mit militärischen Germanismen, unseren Lokaldialekt nicht ganz konsequent widerspiegelt: Stellenweise wird sie durch literarische Formen verschönt.

– Als es war, daß sie mich das erste Mal an die Front schickten, das war noch im Fünfzehnerjahr gleich im Januar, da sagt Joza Mikoličin, wir sollen Zigarren nehmen und sie am Abend runterschlucken und am Morgen zur Krankenvisite gehen. Ich habe etwas davon genommen, ich habe davon genommen, ich und Mika Mikoličin. Und so gehen wir zur Krankenvisite, wir zwei, eingeteilt waren wir aber zur Marschkompanie. Als ich zum Doktor komme, untersucht mich der Doktor und schreibt, daß ich gesund bin, völlig gesund. Joj, was jetzt, was tust du jetzt – ein gesunder Mensch! Aber Mika nicht, Mika ist krank! Und Mika hat tatsächlich irgendeinen Fehler an sich gehabt, woran er auch gestorben ist, ganz schnell. Er hat sicher irgendeinen Fehler gehabt. Aber ich habe keinen Fehler gehabt, völlig gesund, und ich wollte nie mehr zur Krankenvisite gehen und auch sonst nirgendwohin. Ich gehe an die Front. Und so war es.
– Und, in die ersten Linien?
– Ja, in die ersten Linien. Und in den ersten Angriff, und sofort wurde ich verwundet. Am ersten Abend war der Angriff, der erste, und uns schickten sie zur

– A ge je to bilo, u Poljskoj negdi?

– U Galicije. Da. I ja odma' ranit bio, u nogu. Odma', od prve.

– I onda, u špitalj?

– Onda u bolnicu. Kad se smračilo, odvede me jedan sanitec – uvik je bio sanitec jedan kod kumpanije, koji privije rane i tako – ja sam imo frband u ruksaku, al' dok sam skinio, bila je puna cipela krvi, oprali se prsti u krve – i onda kad se smračilo, otpelja me taj sanitec doktoru, otrag. I sutradan opet, u kola galicijanska, pa na stanicu nas odvezu, pa u bolnicu …

– Di si bio u bolnici?

– U Moravskoj, u Brnu. Tamo sam bio u bolnici. Al' jedno šest dan' smo putovali vlakom do Brna. Onda je bilo ratno doba pa ní išo vlak ko sad, stoji njege dugo i tako. Pa smo dugo zaostali. Pa ljudi dreče u vagonu. Boli to, ranito, ja l'? Boli, dreče ljudi. I još kako je koji teže ranit – nisam ja tako teško ranit bio, jal', al' je i mene boljelo.

– I koliko si onda bio u bolnici?

– Četiri mjeseca. Sedam mjeseci sam bolovao od otoga. Četiri mjeseca u Brnu, i tri mjeseca u Osijeku, u

Hilfe dorthin, zu unseren Leuten, wo die Russen anstürmten ...
– Und wo war das, in Polen irgendwo?
– In Galizien. Ja. Und ich wurde sofort verwundet, ins Bein. Sofort, beim ersten Mal.
– Und dann, ins Spital?
– Dann ins Krankenhaus. Als es dunkel ist, bringt mich ein Sanitäter weg – immer war ein Sanitäter bei der Kompanie, der die Wunden verbindet und so – ich hatte einen Verband im Rucksack, aber als ich ihn abnahm, war der Schuh voll Blut, die Zehen haben in Blut gebadet – und dann, als es dunkel war, hat mich dieser Sanitäter zum Doktor gebracht, nach hinten. Und am nächsten Tag wieder, auf einem galizischen Wagen, da brachten sie uns zum Bahnhof, und ins Krankenhaus ...
– Wo warst du im Krankenhaus?
– In Mähren, in Brünn. Dort war ich im Krankenhaus. Aber an die sechs Tage sind wir mit dem Zug bis Brünn gefahren. Damals war Kriegszeit, und der Zug ist nicht so gegangen wie jetzt, der steht irgendwo lange und so. Und wir sind lange so stehen geblieben. Und die Leute schreien im Waggon. Das tut weh, verwundet, ja? Es tut weh, schreien die Leute. Und überhaupt, wenn einer schwer verwundet ist – ich war nicht so schwer verwundet, ja, aber auch mir hat es wehgetan.
– Und wie lange warst du dann im Krankenhaus?
– Vier Monate. Sieben Monate war ich auf Krankenurlaub. Vier Monate in Brünn, und drei Monate in

Oporavnom odjelu. Kad sam iz bolnice [izlazio], poslo me doktor i napiso mi da imam tri mjeseca oporavljat se. Da. Noga mi ostala 'vako grbava. (Pokazuje hodajući po sobi.) *Tako. Tako je stojala noga. I onda se ispravila. Kad sam pošo 'odat, odvud-odnud i tako se ispravila. Za tri mjeseca. Onda 'ajde opet natrag.*

– Opet tamo?

– Ne opet tamo. Onda sam došo kod svojeg kadera, kod kumpanije, u Osijeku, i tud me onda odrede k strojnice. Mene i još njekoliko nas. Jedan abtalijun[V] *su napravili ljúdî, toliko. U školu, k strojnice, u Zagreb. I u Zagrebu, u toj … kasarne – kako se zvala kasarna? – tamo smo bili … Naše četiri regimente imale su svaka po jedan abtalijun tamo, bio je tamo u škole. Strojničari. I to smo tako učili, do proljeća. U zime, do proljeća. Onda od proljeća opet odemo na frontu. Sa strojnicama.*

– I kud si išo na frontu?

– Opet tamo u Galiciju. I tud smo zastali naše. Ja sam zapamtio, kod Bučjaca (?) naši su držali frontu tude, tu zimu, cijelu zimu. Onda kad nas je potero Rus, ondak nas je šesneste godine tero Rus od Bučjaca do Stanislava. Toliko nas je tero Rus. Al' samo po malo nas tera, onda ga stávimo, pucamo i ubijamo je – Ruse.

Osijek, in der Erholungsabteilung. Als ich aus dem Krankenhaus kam, schickte mich der Doktor hin und verschrieb mir drei Monate Erholung. Ja. Mein Bein ist so höckerig geblieben. (Das sagt er, als er durchs Zimmer geht.) *So. So stand das Bein weg. Und dann hat es sich geradegerichtet. Als ich wieder anfing zu gehen, hin und her und so, hat es sich geradegerichtet. In drei Monaten. Und dann hieß es wieder zurück.*
– Wieder dorthin?
– Nicht wieder dorthin. Dann bin ich zu meinem Kader gekommen, zu der Kompanie, in Osijek, und dort haben sie mich zu den MGs abkommandiert. Mich und noch ein paar von uns. Sie haben eine Abteilung gebildet aus den vielen Leuten. Zur Schule, zu den Maschinengewehren, nach Zagreb. Und in Zagreb, in dieser ... die Kaserne – wie hieß die Kaserne noch? – dort waren wir ... Unsere vier Regimenter hatten jedes eine Abteilung dort, dort gingen sie zur Schule. MG-Schützen. Und so haben wir gelernt, bis zum Frühjahr. Im Winter, bis zum Frühjahr. Dann vom Frühjahr an kommen wir wieder an die Front. Mit den Maschinengewehren.
– Und wohin bist du an die Front gekommen?
– Wieder dorthin nach Galizien. Und dort sind unsere Leute gestanden. Ich habe es mir gemerkt, bei Bučjac (?) hielten die Unsrigen die Front, diesen Winter, den ganzen Winter. Dann, als uns der Russe vertrieben hat, da hat uns im Sechzehnerjahr der Russe von Bučjac bis Stanislav zurückgetrieben. So sehr hat uns

– Dido, šta misliš, jes' ti kojeg ubio?

– Ah, šta … Nisam. Ja ne znam da sam ja kog ubio. Nego da sam – slušaj – da sam gledo na kuker[VI]*, a moj formajstor puca iz strojnice. Moj formajstor. A ja gledam na kuker kud on puca. I kazujem mu kud on puca, i tako, vidio sam, kad pogodi ljude – puši se iz nji'. Kad gešosi udaraje po njem. Puši se iz njeg. Kad su ono ljudi puni prašine, jal', sve se zapuši kad pogodi.*

– A ti samo kažeš »sad, sad«? I gledaš – na čeg gledaš to?

– Na kuker ovaj …

– Dalekozor?

– Da.

– I kažeš »sad pucaj«?

– Da. Eto to sam gledo. A nisam ja puco. Da. I onda smo se stávili kod Stanislava, šesnejste godine. I tu je godinu bila najveća borba onoga rata. Onog cijeloga rata šesnejste godine je bila najveća borba. Take borbe ní bilo. Kad šesnejste godine Rus okreni s topovi' udarat, tud on provalji onda, jal'. Stuče sve naše ono. I rezervu i sve potuče tud.I tud onda on uniđe unutra i 'ajde.

der Russe getrieben. Aber er hat uns nur wenig getrieben, dann haben wir ihn aufgehalten, wir haben geschossen und sie totgeschossen – die Russen.
– Opa, was glaubst du, hast du jemanden totgeschossen?
– Ach wo … Nein. Ich wüßte nicht, daß ich jemanden getötet hätte. Aber daß ich – hör mal – ich habe durch den Gucker[15] *geschaut, und mein Vorgesetzter hat aus dem MG geschossen. Mein Vorgesetzter. Und ich beobachte im Gucker, wohin er schießt. Ich sage ihm an, wohin er schießen soll und so, ich habe gesehen, wenn er Menschen traf – es raucht aus ihnen! Wenn die Geschosse in einen einschlagen. Dann raucht es aus ihm. Wenn diese Leute voller Staub sind, ja, dann raucht alles, wenn er trifft.*
– Aber du sagst nur »jetzt, jetzt«? Und schaust – wo siehst du denn durch?
– Durch so einen Gucker …
– Ein Fernglas?
– Ja.
– Und du sagst »jetzt schieß«?
– Ja. Das habe ich beobachtet. Aber ich habe nicht geschossen. Ja. Und dann sind wir bei Stanislav zum Stehen gekommen, im Sechzehnerjahr. In dem Jahr war der größte Kampf im Krieg. Vom ganzen Krieg war im Sechzehnerjahr der größte Kampf. So einen Kampf hat es noch nicht gegeben. Als im Sechzehnerjahr der Russe mit den Kanonen losschlägt, da bricht er da durch, ja. Und haut auf uns alle ein. Auch auf

– I tud te zarobe onda?

– A, ne. Nismo mi tud zarobiti. Mi smo zarobiti čak sedamnejste godine. Tamo kod Stanislava smo zimovali, preko Stanislava nas je pretero Rus. I tud su bili naši dekunzi pokopani, na nas čekaju, i tud smo se ukopali još mi bolje i uredili, i tud smo zimovali. I onda, kad je bilo u proljeće, dođe od kompanije, od bataljona pitanje koji je čo'jek, momak, pregodištio na fronte da nije bio na odsustvu. Ja sam bio prvi, sâm. I dobijem 21 dan od Stanislava i dođem doma. Sedamnejste godine to je bilo, u proljeće. I onda 21 dan doma budem. Naši su već tud jedni bježali i nisu 'tjeli ić', i men' su govorili – kaže »né 'di, pa ćeš bížat tud s nama, eto, ko i mi što bížamo« – i žandari je zaganjaju. A ja nisam 'tio. Ja opet ođem na moje mjesto. Opet ođem tamo, na isto mjesto. I tamo su nas onda zarobili. Na lijevom krilu su nam madžarske regimente provaljili Rusi i nama zašli za leđa sasvim. Kad su nam rekli da će biti rikcug i mi napravili rikcug, a otud kud mi trebamo da idemo natrag – otud već Rusi idu! (Pljesne rukama, uzbuđen.) *I sad je gotovo! A naš komandir je popustio, kako je i kud je dopo ja ne znam. On je*

die Reserve, auf alles haut er da ein. Und dann geht er rein und hopp.
– Und da hat er auch dich gefangengenommen?
– Ach, nein. Dort wurden wir nicht gefangengenommen. Wir wurden erst im Siebzehnerjahr gefangengenommen. Dort bei Stanislav haben wir überwintert, über Stanislav hatte uns der Russe hinausgetrieben. Und dort waren unsere Deckungen eingegraben, die warteten auf uns, und dort haben wir uns noch besser eingegraben und uns eingerichtet, und dort haben wir überwintert. Und dann, als das Frühjahr war, kommt von der Kompanie, vom Bataillon, die Frage, welcher Mann, welcher Bursche, an der Front überwintert hat, also nicht auf Urlaub war. Ich war der erste, allein. Und ich kriege 21 Tage von Stanislav und komme nach Haus. Im Siebzehnerjahr war das, im Frühjahr. Und dann bin ich die 21 Tage zu Haus gewesen. Manche von unseren Leuten waren da schon geflohen und wollten nicht mehr hin und haben zu mir gesagt – sie sagen »geh nicht, hau lieber ab mit uns, so wie wir abhauen« – und die Gendarmen hinter ihnen her. Aber ich wollte nicht. Ich gehe wieder an meinen Platz. ich gehe wieder dorthin, an dieselbe Stelle. Und dort haben sie uns dann gefangengenommen. Auf dem linken Flügel haben die Russen die ungarischen Regimenter überrollt und sind uns ganz in den Rücken gekommen. Als sie zu uns sagten, daß jetzt Rückzug ist, und wir haben Rückzug gemacht, da sind dort, wo wir hätten zurück müssen – da sind schon die Russen gekommen! (Er

valda prije čuo pa je pobjego prije, a nas je ostavio i eto tako je bilo.

– I šta su Rusi, kako su onda kad su vas po'vatali? Nisu ubijali?

– Nisu. Tamo kod Stanislava, tamo su bili nji'ovi Kozaci i tud su nas okupirali. Kad je svanio dan, tud se nakupilo naši' puno. Nisam ja sad sam tud, tud naši' puno ima, tud cijela kompanija i bataljon bio naš.

– A koliko je bataljon imo vojske?

– Pa četiri stotine valda, batalijon.

– I šta Rusi vas – »predaj oružje« i 'ajde?

– Da. Onda su nas terali jedno vrime Rusi, do vlaka njege. Onda su nas utovarili u vlak, i u Kijevo. U Kijevo, u Darnicu (?). Tamo je bio zarobljenički lager. I tamo nas istovare u Kijevu u lager, i tud sam bio u lageru sedam dan'. Nisam bio više. Onda jedamput dođu pa odrede nas njekoliko, odma', i u lađu. Lađa je bila kraj Kijeva kao Drava kraj Osijeka, tako isto. I tud' u lađu, i odvezu nas nedaleko u šumu, ge smo radili. U šumi.

– I koliko si dugo tako radio?

klatscht in die Hände, aufgeregt.) *Uns da war es vorbei! Unser Kommandant ist abgehauen, wie und wie weit er gekommen ist, weiß ich nicht. Er hat wahrscheinlich früher davon gehört und ist früher geflüchtet und hat uns zurückgelassen, und so war es.*
– Und was haben die Russen gemacht, wie waren sie, als sie euch gefangengenommen hatten? Haben sie Leute umgebracht?
– Nein. Dort bei Stanislav, dort waren ihre Kosaken, und dort haben sie uns okkupiert. Als der Tag anbrach, sind dort viele von uns zusammengekommen. Ich war jetzt nicht allein da, dort waren viele von uns, auch die ganze Kompanie und unser Bataillon.
– Und wie viele Bataillone hatte die Armee?
– An die vierhundert wohl, Bataillone.
– Und was haben die Russen mit euch gemacht – »Waffen abgeben« und gehen wir?
– Ja. Dann haben uns eine Zeitlang die Russen getrieben, zu einem Zug irgendwo. Dann haben sie uns in den Zug verladen, und ab nach Kijevo. Nach Kijevo, nach Darnica (?). Dort war ein Gefangenenlager. Und dort in Kijevo haben sie uns ins Lager verfrachtet, und da war ich im Lager sieben Tage. Länger war ich nicht. Dann kamen sie auf einmal und bestimmten ein paar von uns, sofort ab und aufs Schiff. Das Schiff war nahe Kijevo wie die Drava nahe Osijek, genauso. Und dort aufs Schiff, und sie bringen uns nicht weit weg in einen Wald, da haben wir gearbeitet. Im Wald.

– Eto tako sam radio od ljeta sedamnejste godine pa do osamneste – prve veljače. Onda sam prišo natrag priko granice.

– Jesu vas pustili il' ste pobjegli?

– Mi smo pobjegli. Al' nisu branili Rusi – jer su Rusi već napustili frontu i još su nama govorili: »samo vi idite, neće vas nitko ništ' smetat«. I tako je bilo. Da. Doveze nas vlak do zadnje stanice i tu nas skine dol i Kozaci nas zaokupe i poteraje nas u našu šumu, u 'nu šumu i na granicu našu. A tud je bila naša fronta, još stojala, nedaleko. Naša vojska. Tud su onda ti Kozaci nas prevezetirali sve redom. Ko je šta imo dobroga – baci tude i »pošo domoj«. (Smije se, ganut.) *Tako je reko – »pošo domoj«, i tako smo o'šli. Priko granice smo prišli pješice. A naša vojska bila tud, kažem ti. Još naša fronta tud stojala, a Rusi su napustili frontu i nema i'. Da. Rusa nema, nikog. Kozaci su tî samo čekali tak'e – da i' prevezetiraje i robu sotimaje od nji'.*

– I kako si onda došo doma?

– Pa onda sam došo, tako. Prve veljače to je bilo kad sam prišo preko granice, a na Veliki Petak isto sam se tud provezo u Osik. Toliko su isto motali nas …

– Und wie lange hast du da gearbeitet?
– Ja, da habe ich gearbeitet vom Sommer Siebzehn bis zum Achtzehnerjahr – Anfang Februar. Dann bin ich zurück über die Grenze.
– Haben sie euch laufen lassen, oder seid ihr geflüchtet?
– Wir sind geflüchtet. Aber die Russen haben es nicht verhindert – denn die Russen hatten schon die Front verlassen und haben noch zu uns gesagt: »Seht nur zu, euch wird niemand aufhalten.« Und so war es. Ja. Der Zug brachte uns bis zum letzten Bahnhof, und dort holten sie uns runter, und die Kosaken umstellten uns und trieben uns in unseren Wald, in den Wald und an unsere Grenze. Und dort war auch unsere Front, die stand noch, nicht weit weg. Unsere Armee. Da haben uns dann die Kosaken der Reihe nach visitiert. Wer irgendwas Brauchbares hatte – wirf es hierher und pošo domoj« (ab nach Haus). (Er lacht, gerührt.) *So hat er gesagt – pošo domoj«, und wir sind gegangen. Über die Grenze sind wir zu Fuß. Und unsere Armee war da, sage ich dir. Unsere Front stand auch noch, aber die Russen hatten die Front schon verlassen und waren nicht mehr da. Ja. Russen gibt es keine, niemanden. Die Kosaken warteten nur noch – um zu visitieren und einem alles abzunehmen.*
– Und wie bist du dann nach Hause gekommen?
– Ja, dann bin ich nach Haus, so. Anfang Februar war das, als ich über die Grenze bin, und am Karfreitag bin ich auch schon nach Osijek gefahren. So haben sie uns rumgeschoben …

– Ali Uskrs nije uvik u isto vrime – koliko je to otprilike bilo vremena?

– Pa bilo je blizu tri mjeseca, ili dva i po. Tako je bilo. I na Veliki Petak dođem isto kaderu tude i odma' mi potpiše urlab za Uskrs, osam dán'. Kaže – »dođi nakon ti' osam dán' i dobiješ dva mjeseca«. I tako je bilo. Osamnejste godine. Dva mjeseca dobijem, i onda više nisam ni išo.

– Aber Ostern ist nicht immer zur selben Zeit – wie viel Zeit war das ungefähr?
– Das war ungefähr drei Monate später, oder zweieinhalb. So war es. Und am Karfreitag komme ich zum Kader, und gleich unterschreiben sie mir Urlaub für Ostern, acht Tage. Sie sagen – »komm in acht Tagen wieder, und du kriegst zwei Monate«. Und so war es. Im Achtzehnerjahr. Ich kriege zwei Monate, und dann bin ich nicht mehr hin.

VIII.

Koliko je danas još ostalo onih starih kuća oličenih toplom narančastožutom bojom, bojom bundeve? Kamo se skrila vječita jesen tih narančastih i zlatnih pročelja?

Ujesen smo prelazili u velike krevete s jorganima: bila je to slika utočišta, i bila je dovoljna jedna pomisao na nju da me umiri i utješi, da me oslobodi različitih grizodušja i tjeskoba dana.

Za sušnih ljeta, potkraj mjeseca kolovoza, bunari gotovo presušuju. Drvena ptica, đeram, naginje se vrlo duboko kako bi vrhom kljuna dosegnula vodu.

Ljeti sam se običavao osamljivati u polju i sjediti na grani, visoko u krošnji jasena ili hrasta, slušajući neumorni šum lišća na vjetru. U tim trenucima, moja mi se osoba činila potpunijom nego ikada; u isti mah me morila žudnja za prostranstvima svijeta punim obećanja. Predosjećao sam raskošnu i uskomešanu budućnost.

Preda mnom se sunce spuštalo na počinak.

VIII.

Wie viel ist heute noch übrig von jenen alten, mit warmem Orange, der Farbe der Kürbisse, gestrichenen Häuser? Wo hat sich der ewige Herbst dieser orangenfarbenen und goldenen Fassaden versteckt?

Im Herbst wechselten wir in die großen Betten mit den Pfühlen: Das war ein Bild der Zuflucht, und es reichte der Gedanke daran, um mich zu beruhigen und zu trösten, um mich von den mannigfaltigen Gewissensbissen und Ängsten des Tages zu befreien.

In trockenen Sommern, gegen Ende August, trocknen die Brunnen fast aus. Der Holzvogel, der Brunnenschwengel, muß sich sehr tief hinunterbeugen, um mit der Schnabelspitze das Wasser zu erreichen.

Den Sommer verbrachte ich gewöhnlich einsam auf dem Feld, hoch in einer Eschen- oder Eichenkrone auf einem Ast sitzend und dem unermüdlichen Rauschen des Laubes im Wind lauschend. In diesen Augenblicken kam mir meine Person vollkommener vor als irgendwann sonst; gleichzeitig quälte mich die Sehnsucht nach den Weiten der verheißungsvollen Welt. Ich ahnte eine verheißungsvolle und stürmische Zukunft voraus.

Vor mir ging die Sonne zur Ruh.

U istom činu, ono se objavljuje i skriva. Jedini je predmet svijeta koji je sam svoje blještavo skrovište. Ali podvečer, kad jenja njegova jarosna marljivost, kad mu se primakne njegov čas, zlurade oči mogu pogledati u nj, podnevnog tiranina, napokon smalaksalog i bespomoćnog.

Popeo bih se na hrast i sjedio na grani, visoko povrh polja. Rumena svjetiljka meni sučelice osvjetljava daleke zapadne gore, u koje će uskoro potonuti. Tada bih potiho pjevušio riječi koje sam pročitao na naslovnici nekog stripa i koje su me smjesta začarale: Crvene Planine. O, Crvene Planine. Pridružio sam im neku »mističnu« melodiju, koje bih se sada bez sumnje sramio. Daleke su gore svakako bile stanište nekih bića, neznanih događaja. Knjige, tihi drugovi, pomogle su mi da ih napučim samostanima i usamljenim zvonima. Odande se mogao zaputiti i doći srednjovjekovni konjanik, preko poljana. Potom bih se, granu po granu, spuštao niz stablo u suhu močvaru.

Drugom bih zgodom sjedio nasred kolskog puteljka koji vijuga ravnicom. Oko mene leži lišće hrašća i topola, koje je ravnicom razasula lijepa skrb vjetra. Gledao bih kako se večernje sunce, polako toneći, pri-

Im selben Tun zeigt und verbirgt sie sich. Sie ist das Einzige auf der Welt, das sein eigenes glänzendes Versteck ist. Aber gegen Abend, wenn ihr grimmiger Fleiß nachläßt, wenn ihre Zeit abläuft, können boshafte Augen sie ansehen, die endlich erschöpfte und hilflose Tyrannin des Tages.

Ich klettere oft auf eine Eiche und setzte mich auf einen Zweig, hoch über den Feldern. Das rote Licht mir gegenüber bescheint die fernen Berge im Westen, in die sie bald einsinken wird. Dann summe ich leise Worte, die ich auf der Titelseite eines Comics gelesen habe und die mich auf der Stelle verzaubert haben: Rote Berge. Ach, die Roten Berge. Ihnen habe ich eine »mystische« Melodie beigesellt, deren ich mich jetzt zweifellos schämen würde. Jedenfalls sind die fernen Berge die Wohnstätte bestimmter Wesen, der Schauplatz unbekannter Geschehen. Die Bücher, die stillen Kameraden, helfen mir, sie mit Klöstern und einsamen Glockentürmen zu bevölkern. Von dort könnte ein mittelalterlicher Rittersmann aufgebrochen sein und über die Fluren heranziehen. Dann steige ich, Ast für Ast, den Baum hinab in den Trockensumpf.

Bei anderer Gelegenheit sitze ich mitten auf dem Fahrweg, der sich durch die Ebene schlängelt. Ringsum liegt Eichen- und Pappellaub, das die schöne Fürsorge des Windes in der Ebene verstreut hat. Ich sehe, wie die Abendsonne im langsamen Sinken sich den irdischen Gegenständen zugesellt. Ich denke an ihre Schwindel

braja zemnim predmetima. Mislio sam o njegovoj grozničavoj udaljenosti i istodobnoj prepletenosti s krošnjama i jatima na spalu. Uplećući astronomiju u motrenje zalaska, mislio sam kako će za točno pola godine naša Zemlja – skupa s mojim zrenicima u ravnici – lebdjeti upravo simetrično s onu stranu toga prisnog Sunca, duboko u silovitome svemiru.

Gladeći koru stabala, mislim o njihovoj starosti i puštam da me polako obuzmu čarolije starije od ljudskog soja, pod golemim hrastovim granama punim gavrana koji grakću.

Moja prva velika književna ambicija bijaše sveobuhvatna povijest Vojne Granice u Slavoniji – lirski pandan Vaničekovoj *Spezialgeschichte der Militär-Grenze* – kronika tog mitskog razdoblja, koja će u isti mah uključiti povijest našega sela i rodoslovne studije o mojim precima. Taj se rad, kojemu sam posvetio nekoliko svojih srednjoškolskih godina, ubrzo toliko razgranao i zamrsio, ispunivši sitnim gustim recima nekoliko velikih bilježnica, da mu na koncu ni sam više nisam mogao povezati konce … niti sam za takvo što, poslije stanovita vremena, imao volje. (U određenim godinama, čovjek se brzo udaljava od sebe

erregende Entfernung und ihr gleichzeitiges Verflochtensein mit den Baumkronen und den Vogelschwärmen auf ihrem Schlafplatz. Bei der Betrachtung des Sonnenuntergangs die Astronomie bemühend, denke ich, wie in genau einem halben Jahr – zusammen mit meinen Horizonten in der Ebene – unsere Erdkugel ganz symmetrisch auf der anderen Seite dieser vertrauten Sonne schweben wird, tief im riesigen Weltall.

Ich streiche über die Borke der Bäume, denke an ihr Alter und lasse es zu, daß unter den riesigen Eichenästen voller krächzender Raben Magien von mir Besitz ergreifen, älter als das Menschengeschlecht.

Meine erste große literarische Ambition war eine allumfassende Geschichte der Militärgrenze in Slawonien – ein lyrisches Pendant zu Vaničeks *Spezialgeschichte der Militär-Grenze* – eine Chronik dieser mythischen Epoche, die zugleich die Geschichte unseres Dorfes und genealogische Studien über meine Vorfahren mit einschließen würde. Diese Arbeit, der ich einige meiner Gymnasialjahre gewidmet hatte, verzweigte und verfilzte sich bald so sehr, nachdem ich mit kleinen, eng geschriebenen Wörtern einige große Notizbücher gefüllt hatte, daß ich am Ende selbst nicht mehr in der Lage war, die Enden miteinander zu verknüpfen … geschweige denn nach einer gewissen Zeit noch die Lust dazu hatte. (In bestimmten

sama.) Obavijesti potrebne za tu u svakom smislu neumjerenu knjigu nalazio sam posvuda. Ta golema *summa* znanja o prošlosti naše pokrajine trebala je uključiti moje ranije sastavke o vrlo raznolikim stvarima, kao na primjer:

1. o kravama izgubljenim i ponovo nađenim;
2. o rupi koju je (navodno) na našem štaglju napravila granata u prošlom svjetskom ratu i kroz koju bih, za vrlo vedrih dana, promatrao daleka bosanska brda kako se ocrtavaju na sedefnomodroj podlozi obzora;
3. o pastirskim vatrama u jesen, kada se dim diže u krošnje čije lišće, tiho šumoreći, počinje naglo padati;
4. o davnoj uspomeni na prabaku u crnini, koja odlazi poljskom stazom k nekoj dalekoj crkvi, ocrtanoj na obzoru ravnice, u ljubičastoj sjenci jablana;
5. o kratkotrajnoj jutarnjoj svježini vrelih ljetnih dana;
6. o užasnom smradu strvine u ljetno podne;
7. o bijelim zavjesama na prozorima spavaćih soba, koje proljetni vjetar nadima, u vrijeme Uskrsa …

Jahren entfernt sich der Mensch sehr rasch von sich selbst.) Die für dieses in jedem Sinne maßlose Buch notwendigen Informationen fand ich überall. Diese riesige *summa* der Kenntnisse der Vergangenheit unserer Provinz sollte auch meine früheren Aufsätze über sehr unterschiedliche Dinge mit einschließen, wie zum Beispiel den

1. über verlorene und wiedergefundene Kühe;
2. über ein Loch in unserer Scheune, das (angeblich) von einer Granate aus dem letzten Weltkrieg stammt und durch das ich an klaren Tagen die fernen bosnischen Berge sehen konnte, wie sie sich gegen den perlmuttblauen Hintergrund des Horizonts abzeichneten;
3. über Hirtenfeuer im Herbst, wenn der Rauch in die Kronen steigt, aus denen bald das Laub mit leisem Raunen zu fallen beginnt;
4. über eine ferne Erinnerung an meine Urgroßmutter in Schwarz, die den Feldweg hinunter zu einer fernen Kirche geht, die sich am Horizont der Ebene abzeichnet, im violetten Schatten einer Pappel;
5. über die kurz währende Morgenkühle an heißen Sommertagen;
6. über den entsetzlichen Gestank eines Kadavers an einem Sommermittag;
7. über die weißen Vorhänge an den Schlafzimmerfenstern, die sich zur Osterzeit im Frühlingswind blähen …

Predaje i priče iz prošlosti sela miješale su se u mojoj fantaziji s legendama iz pučkih knjiga o slavenskoj mitologiji. Začarao me, primjerice, opis Dunava u jednoj staroj popjevci, naslovljenoj *Karanfilje*, čiji posljednji stihovi glase:

»Dunav teče, lane moje, sa dalekih strana,
Hej-haj, lane moje, sa dalekih strana.«

Neki opojni dah izlazio je iz tih »dalekih strana«, dah neznanih daljina i bajkovitih svjetova, i ja sam zamišljao plovidbu Dunavom iz narodne pjesme, plovidbu koja bi nas povela kroz prastare šume i ispod tamnih dvoraca na liticama, kroz sjenku gustog raslinja i kroz utrobe pećina, sve dok ne izbijemo na svjetlost Izgubljenog Kraljevstva, pred zidine poganskog grada Arkuna. U to sam vrijeme počeo snovati o obnovi praslavenske religije, iskonskog mnogoboštva. Ležeći u svenuloj jesenjoj travi, pogleda izgubljena u modrom prostranstvu, u tom užasavajućem bezdanu (kada se odjednom sve preokreće, pojmovi *dolje* i *gore* zamjenjuju mjesta, meko prianjanje mojih leđa uz tlo postaje zaštitnički zagrljaj *naše* zemlje, te zemlje

Überlieferungen und Geschichten aus der Vergangenheit des Dorfes mischten sich in meiner Phantasie mit Legenden aus Volksbüchern über slawische Mythologie. Mich bezauberte beispielsweise das Bild der Donau in einem alten Schlager mit dem Titel *Nelken*, dessen letzte Verse lauten:

»Die Donau strömt, mein Schatz, aus fernen Ländern,
Hej-haj, mein Schatz, aus fernen Ländern.«

Ein betäubender Hauch ging von diesen »fernen Ländern« aus, ein Hauch unbekannter Fernen und märchenhafter Welten, und ich stellte mir eine Fahrt auf der Donau aus dem Volkslied vor, eine Fahrt, die uns durch uralte Wälder und an dunklen Schlössern auf hohen Klippen vorbei, durch den Schatten dichter Vegetation und durch die Eingeweide von Höhlen führen würde, bis wir im Verlorenen Königreich ans Licht vorstoßen würden, vor den Mauern der heidnischen Stadt Arkona. In dieser Zeit begann ich, von der Erneuerung der altslawischen Religion zu träumen, der ursprünglichen Vielgötterei. Im welken Herbstgras liegend, den Blick verloren in der blauen Weite, diesem Schrecken verursachenden Abgrund erkannte ich in den Wolken die letzten Reste des mächtigen Götterreiches. (wenn sich plötzlich alles umkehrt, wechseln die Begriffe *unten* und *oben* ihren Platz, wird das weiche Anschmiegen

koja nam jedina pruža osjećaj kakve-takve sigurnosti u tom sučeljavanju s neizmjernim, vrtoglavim prostorima: mi zapravo visimo nad tim ponorima bez dna, nepojmljivo sićušni, a materinska ruka Gravitacije pridržava nas s leđa, kao čeljusti mačke njeno zanjihano i ustrašeno mladunče, i mi se njišemo nad ponorom svemira, bespomoćni i užasnuti, zagledani u modrinu beskonačne Tajne i zatravljeni njome kao groznim pogledom Baziliska!), u oblacima sam raspoznavao posljednje ostatke moćnog carstva Bogova. Bjelobradi i i dugokosi, posađeni u bijelim lađama, bogovi su se pomaljali na zapadnom nebosklonu i zatim polako lebdjeli preko ravnice, mijenjajući oblike. Očito, željeli su baciti pogled u svijet ljudi, taj izdajnički svijet koji im je u presudnom času, iz puke želje za novinom, okrenuo leđa, a njihove oltare spalio na lomači ili gurnuo u močvaru. Ti su stari bogovi bili umorni i tužni, lišeni svake želje za osvetom; pošto bi čeznutljivo promotrili život u naseljima i ljudska poslovanja, nalazeći ih manje skladnim i zadovoljnim nego u davna vremena, Bogovi-oblaci otplovili bi na istok, u susret

meines Rückens an den Boden zur schützenden Umarmung *unserer* Erde, dieser Erde, die uns als einzige ein gewisses Gefühl der Sicherheit in der Konfrontation mit den unermeßlichen, schwindelerregenden Räumen gewährt: Wir hängen genaugenommen über diesen bodenlosen Abgründen, unbegreiflich winzig, und die mütterliche Hand der Gravitation hält uns am Rücken, wie das Maul einer Katze ihre erschrocken strampelnden Jungen, und wir pendeln über dem Abgrund des Weltalls, hilflos und voller Entsetzen, gebannt von der Bläue des unendlichen Geheimnisses wie von dem grausamen Blick eines Basilisken!) Weißbärtig und langhaarig, in weiße Schiffe gesetzt, erschienen die Götter am westlichen Himmelsrund und schwebten langsam über die Ebene, ihre Form verändernd. Offensichtlich wollten sie einen Blick auf die Welt der Menschen werfen, auf die Verräterwelt, die ihnen im entscheidenden Moment aus reiner Sucht nach Neuem den Rücken gekehrt, ihre Altäre auf Scheiterhaufen verbrannt oder in den Sumpf gestürzt hatte. Diese alten Götter waren müde und traurig, bar jeden Wunsches nach Rache; nachdem sie sehnsuchtsvoll das Leben in den Siedlungen und die menschlichen Verrichtungen betrachtet und sie weniger einträchtig und zufrieden gefunden hatten als in der alten Zeit, segelten die Wolkengötter weiter nach

sveproždiruće daljine. Ondje se negdje, nepojmljivo daleko, nalazio njihov Grad, smrtnicima nedostižan: valjalo bi naučiti vještinu lebdenja na oblaku, kako bismo jednog dana pristali uz planinu na kojoj je podignut.

Na samom početku istraživanja, valjalo je riješiti goruće pitanje metode. Izvori koji su me opskrbljivali potrebnim idejama bijahu: knjige, stara pisma i predmeti, građevine, predaja, mjesne anegdote, snovi. Preko mog stola počeše defilirati požutjele fotografije slavonskih provincijalnih gradova, na kojima su ljudi izmiješani s konjima i zapregama šumskih vozara; zatim mnoštvo onih šokačkih svadbenih fotografija na kojima se svi guše u golemim otarcima s jarkocrvenim uzorcima. Ali snovi, valja reći, snovi su mi zadavali ponajveće teškoće, poteškoće – da tako kažemo – manipulativne naravi. Sadržaj snova, jedro voće sna, odlikuje se naime iznimnom pokvarljivošću; voće koje se u času rađanja objavljuje u svemu svojem sjaju i svježini, da bi se kasnije, usporedo s osvajanjem dana, sve više sušilo, smežuravalo, postajući na koncu crno i trulo …

Osten, der alles verschlingenden Ferne entgegen. Dort irgendwo, unbegreiflich weit, lag ihre Stadt, für Sterbliche unerreichbar: Es galt, die Kunst des Schwebens auf einer Wolke zu erlernen, um eines Tages am Fuße des Berges landen zu können, auf dem sie errichtet war.

Gleich zu Beginn der Forschungen galt es, die brennende Frage der Methode zu lösen. Quellen, die mich mit den nötigen Ideen versorgten, waren Bücher, alte Briefe und Gegenstände, Bauwerke, Überlieferung, lokale Anekdoten, Träume. Über meinen Tisch defilierten die vergilbten Fotografien slawonischer Provinzstädte, auf denen Menschen vermischt mit Pferden und Gespannen von Holzführern zu sehen waren; dann eine Unzahl jener Hochzeitsfotos der Schokzen, auf denen alle in riesigen Tüchern mit grellroten Mustern ersticken. Aber die Träume, das muß gesagt werden, die Träume verursachten mir die größten Schwierigkeiten, Schwierigstkeiten – um es so zu sagen – manipulativer Natur. Der Inhalt der Träume, dieser prallen Frucht des Schlafes, zeichnete sich nämlich durch außerordentliche Verderblichkeit aus; eine Frucht, die sich zum Zeitpunkt ihrer Geburt in all ihrem Glanz und ihrer Frische zeigte, um später, parallel zur Eroberung des Tages, immer schneller zu verdorren, zu schrumpeln und am Ende schwarz und faul zu werden …

Dokumentaciju za svoja istraživanja pronalazio sam kadšto na posve neočekivanim mjestima. Na primjer, u znamenitom ogledu o Flaubertu Sainte-Beuve se divi ovoj rečenici iz Chauteaubriandova *Putovanja od Pariza do Jeruzalema*: »Vidio sam, s Akropole, kako se sunce uzdiže između dva vrha brda Hymetta ...«

Ta slika atičkog gorja iz kojeg izranja sunce, takoreći kao njegova svojina, navodi me da pomislim na mnoštvo različitih načina na koje je, tog istog jutra 182., *izašlo to sunce: na mora u oluji i ona mirna, s drvenim lađama, na pustinje i šume, na gradove u svjetskim pokrajinama koji tada još spavaju i prijestolnice koje već vrve ... A kada se to prividno mnoštvo sunaca u mojoj svijesti sjedini, pomišljam kako se tog davnog jutra, nekoliko stotina kilometara sjeverno od Akropole, isto sunce dizalo nad jednim selom, iz šume nadomak domu mojih predaka, kao da je Chateaubriand, i ne znajući to, opisao jedan prizor iz njihova života ... I dok se, čitajući odlomke iz ›Putovanja‹, vraćam među blještave ruševine Partenona u doba Turaka, iznenađuje me spoznaja da, ne suviše daleko od tog mjesta,* žive *moji preci – kojih se danas spominjem bez nade,*

Dokumente für meine Forschungen fand ich mitunter an ganz unerwarteten Stellen. Zum Beispiel in Sainte-Beuves berühmtem Aufsatz über Flaubert, wo er sich an einem Satz aus Chateaubriands *Reise von Paris nach Jerusalem* begeistert: »Von der Akropolis aus sah ich, wie sich die Sonne zwischen den beiden Gipfeln des Hymettos erhob ...«
Dieses Bild des attischen Gebirgszuges, aus dem sich die Sonne erhebt, sozusagen als sein Eigentum, veranlaßte mich, an die Vielzahl unterschiedlicher Weisen zu denken, auf die an jenem Morgen des Jahres 182 die Sonne aufgegangen war: über Meeren im Sturm und über anderen, die friedlich, mit hölzernen Schiffen dalagen, über Wüsten und Wäldern, über Städten in Weltgegenden, die damals noch schliefen, und über Hauptstädten, die schon vom Brausen erfüllt waren ... Und wenn sich diese scheinbare Vielzahl an Sonnen in meinem Bewußtsein vereint, stelle ich mir vor, wie sich am selben fernen Morgen, einige Hundert Kilometer nördlich der Akropolis, dieselbe Sonne über einem Dorf erhob, aus dem Wald in unmittelbarer Nähe des Hauses meiner Vorfahren, als würde Chateaubriand, ohne es zu wissen, eine Szene aus deren Leben beschreiben ... Und während ich bei der Lektüre der »Reise« zu den leuchtenden Ruinen des Parthenon in der Türkenzeit zurückkehre, überkommt mich überraschend die Erkenntnis, daß nicht allzu weit entfernt von diesem Ort meine Vorfahren leben – deren ich*

pored razbacanih kostiju koje onda bijahu njihova tijela; i tada mi se čini da bi neka slučajna okolnost mogla urediti da mi se jave, neko basnoslovno putovanje da ugledam nekog od njih među atenskim mnoštvom … Umjesto toga, ja promatram sunce koje se diže između dva vrha brda Hymetta i vjerujem *da ga bar netko od davnih roditelja istog časa gleda u ravnici na sjeveru, nad seoskim krovovima ili kroz granje stabala, kako gubi rumenilo i sve jače plamti.*

Želite li zaviriti u riznicu pomno prikupljanih arhiva?

O čiča Luki Glavačeviću (rođenom 1815), seoskom »knezu«, imamo oskudna znanja. Bio je to mudri dobričina, narodni tribun kojemu se, kao zajedničkom ocu, utječu seljaci zapali u nevolju, jedan od onih prijana koji mirnim okom, sučući brk, procjenjuju pogibeljnost trenutka i potom izjavljuju »učinit ćemo što se dá«, popraćeni općim uzdahom olakšanja. Vrijednost života smatrao je on beskonačnom; u više se navrata dao na prikupljanje otkupnine za kakve grešne suseljane, kradljivce i ubojice, osuđene na vješala: zamišljamo ih kako se ruše od sreće kada, svakako u posljednjem

mich heute, vor den zerstreuten Knochen, die einmal ihre Körper waren, ohne Hoffnung erinnere; und dann kommt es mir vor, als könnte ein zufälliger Umstand es einrichten, daß sie sich bei mir melden, irgendeine märchenhafte Reise, damit ich einen von ihnen in der Volksmenge von Athen erblicke … Statt dessen beobachte ich die Sonne, die sich zwischen den beiden Gipfeln des Berges Hymettos erhebt und glaube, *daß wenigstens einer der fernen Voreltern sie im selben Moment in der Ebene im Norden erblickt, über den Dächern des Dorfes oder durch die Äste der Bäume, wie sie ihr Rot verliert und immer stärker aufflammt.* Möchten Sie einen Blick in die Schatzkammer der sorgsam zusammengetragenen Archive werfen? Von Onkel Luka Glavačević (geboren 1815), dem »Dorffürsten«, haben wir nur spärliche Kenntnis. Es war das ein weiser, gutmütiger Mann, ein Volkstribun, zu dem sich, wie zu einem gemeinsamen Vater, die ins Unglück geratenen Bauern flüchteten, einer von jenen Paten, die mit ruhigem Blick, ihren Bart zwirbelnd, die Gefährlichkeit des Augenblicks einzuschätzen und dann zu erklären vermögen, »wir werden machen, was wir können«, begleitet von einem allgemeinen Seufzer der Erleichterung. Den Wert des Lebens sah er als grenzenlos an; mehrmals machte er sich an das Sammeln von Lösegeld für solche sündige Dorfgenossen, Diebe und Mörder, die zum Galgen

trenutku, stigne ovaj spasitelj. Vrijednost školovanja smatrao je gotovo beskonačnom: blistava karijera jednog c. i k. časnika koju smo već ocrtali duguje svoju opstojnost ponejprije tom otkrivaču talenata.

Za knezovanja čiča Luke, naše je selo procvalo. Kada je jednom iskrsnulo pitanje neke krčevine, na koju je selo polagalo vlasničko pravo, čiča Luka ne želi okolišati pregovarajući sa činovnicima: odlučuje poći u Beč i predmet izložiti Njegovu Veličanstvu Franji Josipu. Seljani prikupljaju novac za put, a jedan od njih priključuje se čiča Luki; odvoze ih kolima, slavljenički, na Dunav, smještaju u parobrod, ispraćuju pjesmom. U Beču, srećom, ta dvojica nailaze na nekog časnika kojeg čiča Luka poznaje i koji im pomaže da se snađu u labirintu prijestolnice. (Zamišljamo njegovu prepast kada su mu izložili razlog svog dolaska u Beč.) On ih poučava da zahtjev stave na papir, na njemačkom, i čini im tu uslugu, još uvijek krajnje sumnjičav prema svemu. Ali čiča Lukina je odlučnost nezadrživa: on uspijeva ishoditi prijam

verurteilt waren: Wir stellen sie uns vor, wie sie vor Glück zusammenbrechen, wenn, auf jeden Fall im letzten Moment, dieser Retter eintraf. Den Wert des Schulbesuchs hielt er für fast grenzenlos: Die glänzende Karriere eines k.u.k. Offiziers, die wir bereits skizziert haben, verdankt ihre Existenz in erster Linie diesem Talenteentdecker. Unter der Fürstenherrschaft Onkel Lukas war unser Dorf aufgeblüht. Als einmal die Frage einer Rodung auftaucht, auf die das Dorf Eigentumsrechte geltend macht, will Onkel Luka keine unnötigen Umwege machen und mit irgendwelchen Beamten verhandeln: Er entschließt sich, nach Wien zu reisen und die Sache Seiner Majestät Franz Joseph vorzutragen. Die Dorfleute sammeln Geld für die Reise, und einer von ihnen schließt sich Onkel Luka an; sie werden mit einem Wagen im Triumphzug an die Donau gebracht, aufs Dampfboot geleitet, mit einem Lied verabschiedet. In Wien begegnen die beiden zum Glück einem Offizier, der Onkel Luka kennt und ihnen hilft, sich im Labyrinth der Hauptstadt zurechtzufinden. (Wir stellen uns sein Erschrecken vor, als sie ihm den Grund ihres Besuches in Wien erläutern.) Er rät ihnen dringend, ihre Forderung zu Papier zu bringen, auf deutsch, und erweist ihnen diesen Dienst, noch immer allem gegenüber äußerst skeptisch. Aber Onkel Lukas Entschlossen-

kod Njegova Carskog Veličanstva, možda u svojstvu egzotične zvjerke s granice Monarhije.
Čiča Luka izlazi pred cara i, kao seoski knez, ukratko izlaže prilike u selu. (Carski tumači prevode, a krajičci usana im podrhtavaju od prezirna smijeha.)
Car Franjo Josip dobrohotno se zanima:
»Reci, Luka, koliko krava ima najsiromašniji seljak u tvome selu?«
Čiča Luka bez razmišljanja odgovara:
»Jedanaest, Vaše Veličanstvo.«
»E, dobro, Luka«, veli na to car, »Pobrini se da za koju godinu, kad budem polazio na Bosnu, svaki seljak ima barem petnaest krava.«
Čiča Luka prima carski nalog k znanju i smjesta polazi da poradi na njegovu oživotvorenju. Njegova je misija ispunjena; selo je dobilo parnicu i povrh nje legendu, priču koja će se pamtiti naraštajima.
Na časnom stablu predaka postoje, također, suhe i okresane grane. To su stranputice genealogije, napol zaboravljeni ćorsokaci, bezumne i nasilno

heit ist unbeugsam: Es gelingt ihm, einen Empfang bei Seiner Kaiserlichen Majestät zu erwirken, vielleicht in der Eigenschaft eines kleinen exotischen Raubtieres vom Rande der Monarchie.
Onkel Luka tritt vor den Kaiser und legt, als Dorffürst, in aller Kürze die Verhältnisse im Dorf dar. (Die kaiserlichen Dolmetscher übersetzen, und ihre Mundwinkel zucken vor verächtlichem Lachen.)
Kaiser Franz Joseph interessiert sich jovial:
»Sag mir, Luka, wie viele Kühe besitzt der ärmste Bauer in deinem Dorf?«
Onkel Luka antwortet ohne nachzudenken:
»Elf, Eure Majestät.«
»Also gut, Luka«, sagt darauf der Kaiser, »Sorge dafür, daß in einem Jahr, wenn ich nach Bosnien reisen werde, jeder Bauer mindestens fünfzehn Kühe besitzt.«
Onkel Luka nimmt den kaiserlichen Auftrag zur Kenntnis und beginnt auf der Stelle an dessen Realisierung zu arbeiten. Seine Mission ist erfüllt; das Dorf hat den Streit gewonnen und überdies eine Legende, eine Geschichte, an die sich noch Generationen erinnern werden.
Am ehrenhaften Stammbaum meiner Ahnen gibt es auch Dürres und Ausgeästetes. Das sind Seitenwege der Genealogie, halb vergessene Sackgassen, unvernünftig und gewaltsam unterbrochene

prekinute životne priče nekog zalutalog brata ili polubrata. Ponekad, u osobitim prilikama opuštenosti i blagdanskog slobodoumlja, ili u predasima teških ljetnih poslova, te zastrašujuće i okrutne priče vade se iz paučine zaborava i iznose na svjetlost.

Moj šukundjed po majci imao je brata ljudeskaru, golemih udova koje je ovaj obožavao uposliti u tučnjavama. Nekom je zgodom u susjednom selu sve muške glave jedne obitelji natjerao u staju i potom ih jednog po jednog puštao van i premlaćivao. Seljani su se kasnije zgražali nad sramotom ponižene braće: »Kakav je to čovjek koji je vas devetoricu mogao zatvoriti u staju?« Oni su protiskivali kroz zube: »Trebalo ti je vidjeti tog čovjeka«. Dakako, devetorica osramoćenih nisu zaboravili dug i strpljivo su čekali na svoju priliku. Uvrebavši je, napadnu gorostasa i ratarskim ga oruđem pretuku na mrtvo ime. Jedan od njih, štoviše, dohvati sjekiru i odrubi truplu glavu, popratívši taj čin strašnog opreza ovim riječima: »Neka to, mogo bi se taj još poživit.« Priča se da

Lebensgeschichten eines verirrten Bruders oder Halbbruders. Manchmal, zu besonderen Gelegenheiten der Gelöstheit und des Feiertagsliberalismus oder in den Pausen während schwerer Sommerarbeiten, werden diese erschreckenden und grausamen Geschichten von den Spinnweben des Vergessens befreit und ans Licht gebracht. Mein Ururgroßvater mütterlicherseits hatte einen Bruder, ein Menschenungetüm mit riesigen Gliedmaßen, die dieser bei nichts lieber als bei Schlägereien einsetzte. Einmal jagte er im Nachbardorf alle männlichen Mitglieder einer Familie in den Stall und ließ sie dann einen nach dem anderen heraus, um sie zu verprügeln. Die Dorfbewohner waren entsetzt über die Schande der erniedrigten Brüder: »Was ist das für ein Mensch, der euch neun in einen Stall sperren konnte?« Sie preßten die Zähne zusammen: »Du hättest diesen Menschen sehen sollen.« Natürlich vergaßen die neun Geschändeten die Schuld nicht und warteten geduldig auf ihre Gelegenheit. Als sie sie gekommen glaubten, überfielen sie den Riesenkerl und prügelten ihn mit Ackergeräten zu Tode. Einer von ihnen griff sogar zur Axt und schlug dem Leichnam den Kopf ab, wobei er diesen Akt schrecklicher Vorsicht mit den Worten kommentierte: »Besser so, der könnte noch einmal zu sich kommen.« Es wird erzählt, daß Großvater Janko damals die

je tada pradjed Janko odbio ponuđenu istragu oko krvava umorstva. »Nikaka komesija ne treba za *psa*!«, rekao je odrešitim domaćim jezikom, »Umotajte ga u asuru pa s njim na groblje!« Tako je neslavno skončao čovjek koji nije ostavio potomstva i na čiju uspomenu smijemo pomišljati samo kao na mračni primjer bezumlja, na jasno upozorenje kakva kob čeka one koji se predaju nenadziranim strastima.

Još jedan ogrezli ubojica, Toma Bartolavin, naš daleki srodnik, slovio je u svoje doba za mjesnog nasilnika i ubio petoricu ljudi u pauzama između ležanja u zatvoru. Jednom se, kažu, vozio biciklom u Osijek. U nekom selu pritrči mu pas i ugrize ga za nogu. Toma siđe s bicikla, izvadi pištolj i ubije psa s dva-tri hica. To je promatralo nekoliko mjesnih seljana. Toma je govorio nazalnim glasom, s nekim izrazom koji je svima ulijevao vjeru u izgovorene riječi: »Ako nekome smeta što sam ubio psa, neka se javi, pa da i njeg ubijem.«

Okorjela duša Tome Bartolavina tražila je raskalašeno društvo srodnih bića. Jednom je Toma

angebotene Untersuchung des blutigen Mordes abgelehnt habe. »Für einen *Hund* braucht es keine Kommission!«, sagte er in dem lakonischen Idiom der Gegend, »wickelt ihn in eine Binsenmatte, und ab mit ihm auf den Friedhof!« So unrühmlich endete ein Mann, der keine Nachkommen hinterließ und dessen Andenken wir nur als finsteres Beispiel der Unvernunft erwähnen dürfen, als deutliche Mahnung, welches Fatum jene erwartet, die sich unkontrollierten Leidenschaften hingeben.

Noch ein notorischer Mörder, Toma Bartolavin, ein entfernter Verwandter von uns, war zu seiner Zeit als lokaler Gewalttäter berüchtigt; er hatte in den Pausen zwischen seinen Zuchthausaufenthalten fünf Menschen umgebracht. Einmal, wird erzählt, fuhr er mit dem Fahrrad nach Osijek. In einem Dorf kam ein Hund angerannt und biß ihn ins Bein. Toma stieg vom Fahrrad, zog die Pistole und knallte den Hund mit zwei, drei Schüssen ab. Das beobachteten einige der örtlichen Bauern. Toma sagte mit nasaler Stimme, mit einem Ausdruck, der allen den Glauben an die ausgesprochenen Worte einflößte: »Wenn es jemanden stört, daß ich den Hund erschossen habe, soll er sich melden, damit ich ihn auch erschieße.« Die verstockte Seele Toma Bartolavins suchte die verkommene Gesellschaft verwandter Wesen.

ugostio nekog *Tompojevca*, pustahiju kakav je bio i sam, iz jednog od okolnih sela. Dvojica povečeraše, nazdravljajući jedan drugome. Kasno u noć, Toma isprati gosta i poželi mu sretan put. Potom se vrati u kuću, uzme pušku i požuri kradom preko polja pod mjesečinom.

Na drvenom mostu preko Brežnice, dočeka *Tompojevca* koji se ništa ne sluteći vozio kolima: tu ga ubije iz zasjede.

Neka sitnica za vrijeme večere prevagnula je u prilog toj odluci; možda je ubojica odavno donio odluku, i večera je bila samo neka vrsta grozovitog i razuzdanog oproštaja; možda se, na neki način, radilo o obostranu pristanku na nepredvidljiva pravila igre …

Na obalama tropskih mora, dvije ptičje vrste bore se za ulov ribe. Crvenokrili fetoni su marljivi ribari. Crne fregate (*Fregata magnificens*) najbolji su letači tropskih mora: one se prehranjuju gusarenjem. Crne fregate u zraku napadaju fetone s ribom u kljunu sve dok ih ne prisile da ispuste plijen, koji potom hvataju u strmoglavom letu.

Einmal hatte Toma einen gewissen Tompojevac zu Gast, einen Schlagetot, wie er selbst einer war, aus einem der Nachbardörfer. Die beiden aßen zu Abend und tranken einander zu. Spät in der Nacht verabschiedete Toma seinen Gast und wünschte ihm einen glücklichen Heimweg.

Dann kehrte er ins Haus zurück, nahm ein Gewehr und schlich im Mondlicht heimlich durch die Felder.

An der Holzbrücke über die Breżnica lauerte er dem in seinem Wagen nichtsahnend daherkommenden Tompojevac auf und erschoß ihn aus dem Hinterhalt.

Eine Kleinigkeit während des Abendessens hatte den Ausschlag für diesen Entschluß gegeben; vielleicht hatte der Mörder den Entschluß längst gefaßt, und das Abendessen war nur eine Art schrecklicher und ausschweifender Abschied; vielleicht handelte es sich, in gewisser Hinsicht, um ein beiderseitiges Eingehen auf unvorhersehbare Spielregeln …

An den Ufern tropischer Meere kämpfen zwei Vogelarten um die Fischbeute. Die rotflügeligen Tölpel sind fleißige Fischfänger. Die schwarzen Fregattvögel *(Fregata magnificens)* sind die besten Flieger der tropischen Meere: Sie ernähren sich mittels Piraterie. Die schwarzen Fregattvögel greifen die Tölpel mit dem Fisch im Schnabel in

Fregate kadšto same love ribu, ali očito više uživaju u krađi. Za ornitologe je zagonetka: zašto se fregate radije upuštaju u napornu borbu s fetonima, nego da se same snabdiju ribom? …

der Luft so lange an, bis sie sie zum Auslassen der Beute gezwungen haben, um die dann im Steilflug zu packen.
Hin und wieder gehen die Fregatten selbst auf Fischjagd, aber offensichtlich finden sie mehr Gefallen am Rauben. Den Ornithologen ist das ein Rätsel: Warum lassen sich die Fregatten lieber auf einen mühsamen Kampf mit den Tölpeln ein, als sich selbst mit Fisch zu versorgen? …

IX.

Evo, odmah na početku, *in medias res*, konačnog rezultata do kojeg smo došli nakon sveobuhvatnih istraživanja i koji ovdje sažimamo u svega nekoliko riječi: JEDNA POTONULA CIVILIZACIJA – eto najtočnijeg naslova za neko buduće predavanje o povijesti naše pokrajine.

Treba samo promotriti te debele zidove od opeke koji ograđuju naša stara dvorišta. Oni su ukrašeni kruništima od neobično oblikovanih opeka, i na svakih pet koraka pojavljuje se stup s bogatim kapitelima – očita imitacija obrambene kule iz davnih rimskih bedema. U dvorišta se ulazi kroz svečano nadsvođene veže čija monumentalnost napadno podsjeća na rimske slavoluke, *toute proportion gardée*. Ali kroz te ohole slavoluke mi danas ulazimo u opustjela dvorišta u kojima caruje bijeda, dvorišta zarasla u korov ili glibovita, gdje po crnim lokvama klizi staro perje. Te nepristupačne zidine zatvaraju ova stara dvorišta sada već posve besmisleno, jer u njima odavno nema ničega što bi zavređivalo njihovu zaštitu. Treba dobro uočiti

IX.

Hier nun, gleich zu Beginn, *in medias res*, das endgültige Resultat, zu dem wir nach umfassenden Nachforschungen gelangt sind und das wir hier in wenigen Worten zusammenfassen wollen: EINE UNTERGEGANGENE KULTUR – das ist der treffendste Titel einer zukünftigen Vorlesung über die Geschichte unserer Provinz.
Man braucht sich nur die dicken Ziegelmauern anzusehen, die unsere alten Höfe umgeben. Sie werden von ungewöhnlich geformten Ziegeln gekrönt, und alle fünf Schritte kommt eine Säule mit reichem Kapitell – offensichtlich die Imitation eines Verteidigungsturmes aus alten römischen Bollwerken. In die Höfe gelangt man durch feierlich überwölbte Einfahrten, deren Monumentalität augenfällig an römische Triumphbogen erinnert, *toute proportion gardée*. Aber unter diesen prahlerischen Triumphbogen hindurch betreten wir heute verödete Höfe, in denen die Not herrscht, von Unkraut überwachsene oder verschlammte Höfe, wo der Wind alte Federn über schwarze Pfützen treibt. Diese abweisenden Mauern umschließen die alten Höfe mittlerweile völlig sinnlos, denn in ihnen gibt es längst nichts mehr, was ihren Schutz verdiente. Man muß sich diese traurige Tatsache des Zerfalls und Aussterbens deut-

tu žalosnu činjenicu raspadanja i izumiranja, tu slast nestajanja, miris kloroforma u staračkim i bolesničkim sobama, to tupo ležanje među prašnjavim vrećama i starim krpama, uz zahrđale poljoprivredne strojeve, dok izvana dopire gukanje grlica kao bolni melem, kao opojni otrov djetinjstva ubrizgan izravno u srce.
Koliko je danas još ostalo onih starih kuća oličenih toplom narančastožutom bojom, bojom bundeve? Kamo se djenula vječna jesen tih narančastih i zlatnih pročelja? Pritajenu po zakucima naših sela, još je uvijek nalazimo u dnu sporednih ulica, skrivenu u sjenci granatih oraha, kasnih jabuka. Tada, u tim blaženim trenucima prepoznavanja, neka ponosna radost uspravlja naša pogrbljena ramena: evo, tu se još živi po zakonima predaka! Krov pocrnio od mahovine. Bijeli dim diže se nad smeđom gromadom krova. Tisuće crepova. Sa sjeverne strane, zidovi poprimaju prljavu boju zemlje. Stara stabla jabuka, čiji se plodovi skotrljaju krovom u male travom obrasle jarke, koje preko noći napune. Kravlja toplina u sumračnim stajama. Mlijeko koje se tu nalijeva u

lich vor Augen führen, diese Lust am Vergehen, den Chloroformgeruch in den Greisen- und Krankenzimmern, dieses dumpfe Daliegen zwischen staubigen Säcken und alten Lappen, neben verrosteten Landwirtschaftsmaschinen, während von draußen das Gurren der Ringeltauben als schmerzlicher Balsam hereindringt, als betäubendes, direkt ins Herz geträufeltes Gift der Kindheit.
Wie viele sind heute noch übrig von diesen alten, in warmes Gelborange, in die Farbe der Kürbisse getauchten Häuser? Wohin ist der ewige Herbst dieser orange und golden getünchten Fassaden entschwunden? Verborgen in den Winkeln unserer Dörfer, finden wir ihn noch immer am Ende kleiner Nebenstraßen, versteckt im Schatten ausladender Nuß-, später Apfelbäume. Dann, in den seligen Augenblicken des Wiedererkennens, richtet eine stolze Freude unsere gekrümmten Schultern auf: Ja, hier lebt man noch nach den Gesetzen der Vorfahren! Das Dach ist moosgeschwärzt. Weißer Rauch steigt auf über seiner braunen Masse. Tausende von Ziegeln. An der Nordseite nehmen die Wände die schwarze Farbe des Erdreichs an. Alte Apfelbäume, deren Früchte das Dach hinab in kleine grasbewachsene Gräben kollern, die sich über Nacht füllen. Kuhwärme in dämmrigen Ställen. Milch, die dort in irdene und metallene Gefäße gegossen wird. Holzpantoffel, die auf

zemljane i kovinske posude. Drvene klompe koje udaraju po opeci. Pojate nabijene sve do krova balama prešane slame. Vrenje milijuna šljiva u kacama. Osjećate li tu mudrost sadržanu u svim pojedinostima, u svakom kotačiću tog božanskog mehanizma, savršeno usklađenog s mehanizmima dana i noći, mjeseci i godišnjih doba?

Najznačajniji učenjaci naše pokrajine, ljudi čije se poštenje i potpuna odanost istini ne mogu dovesti u sumnju, ustanovili su da pojedini oblici ovdašnjeg narodnog graditeljstva vjerno čuvaju crte drevnih zdanja, koja su stoljeća zbrisala s lica zemlje, drevnih zdanja podizanih na prostoru nekadašnje rimske provincije Panonije. Čuvaju ih, doduše, umanjene i prilagođene novim namjenama, ali i dalje savršeno prepoznatljive, čak i nama čija je upućenost očevidno manjkava. Obožavamo tu dvosmislenost, tu čaroliju ponavljanja, neuhvatljivost citata koju nalazimo u zidanim ogradama dvorišta – rimskim bedemima, ili u hrastovim ambarima – poljskim hramovima iz doba poganskog Carstva. Čemu rezerve nekih učenjaka, čemu primjedbe da naši graditelji am-

Ziegeln klappern. Bis ans Dach mit Ballen von Preßstroh gefüllte Stadel. Das Gären von Millionen Pflaumen in den Bottichen. Spürt ihr die Weisheit in all den Details, in jedem Rädchen dieses göttlichen Mechanismus, der so vollkommen in Einklang steht mit den Mechanismen von Tag und Nacht, von Mondphasen und Jahreszeiten? Die bedeutendsten Gelehrten unseres Landstrichs, Menschen, deren Ehrbarkeit und völlige Hingabe an die Wahrheit nicht in Zweifel gezogen werden können, haben festgestellt, daß einzelne Formen der hiesigen Volksbauweise getreulich Elemente uralter Bauwerke bewahren, die von den Jahrhunderten vom Angesicht der Erde gewischt wurden, uralter Bauwerke, errichtet auf dem Gebiet der einstigen römischen Provinz Pannonien. Sie bewahren sie, freilich verkleinert und neuen Zwekken angepaßt, aber noch immer vollkommen wiedererkennbar, selbst von uns, deren Informiertheit offensichtlich mangelhaft ist. Wir begeistern uns am Doppelsinn, am Zauber der Wiederholung, am nicht greifbaren Zitat, aufgefunden in den Umfriedungsmauern der Höfe – römische Wehrmauern – oder in den eichenen Speichern – Feldaltäre aus der Zeit des heidnischen Kaiserreichs. Wozu die Zurückhaltung mancher Gelehrter, wozu Bemerkungen, daß unsere Baumeister der Speicher und mit Gewölben versehenen Hof-

bara i ograda s vežama nisu imali na umu svoje drevne uzore? Upravo ta odsutnost otvorene namjere daje njihovim djelima draž dvosmislenosti. Ta djela dokazuju da se tradicija prenosi nesvjesno, nekim podzemnim unutrašnjim tokom, ponornicom nasljeđa i genetskih zapisa, kao što cvijeće ponavlja obrise nevidljivog uzorka.
Bila bi krajnja naivnost povjerovati da Rimljani označavaju sam početak, da su upravo oni prvotno ishodište takvih temeljnih oblika kao što su luk, zid, kupola ili hram. I oni su također samo prenositelji. Izvor se nalazi mnogo dublje; a istodobno, to nije kronološka dubina, jer izvor na neki način leži na podjednakoj udaljenosti od nas i od njih. Možemo ga samo naslućivati, približiti nekom dosjetkom, dočarati metaforom. Promotrimo još jednom onaj polukružni luk, »romanski luk«, koji se redovito nalazi nad vežama ovdašnjih starih kuća i štagljeva. Dovoljno se pisalo o njegovoj mudrosti i harmoničnosti, konstrukcijskoj čvrstoći i savršenoj prirodnosti s kojom on izrasta iz vertikalnog zida ili stupa. Treba podsjetiti da se štagljevima u ovoj pokrajini nekoć

mauern nicht ihre alten Vorbilder im Sinn hatten? Gerade dieses Fehlen offener Absicht verleiht ihren Bauten den Reiz des Doppeldeutigen. Diese Bauten beweisen, daß Tradition unbewußt weitergegeben wird, durch einen inneren unterirdischen Strom, durch den Sickerfluß von Erbgut und genetischer Aufzeichnung, so wie die Blume die Konturen eines unsichtbaren Musters wiederholt.

Es wäre äußerste Naivität zu glauben, daß die Römer der Anfang von allem gewesen wären, daß gerade sie der Ausgangspunkt solcher Grundformen gewesen wären, wie es der Bogen, die Mauer, die Kuppel oder der Tempel sind. Auch sie sind nur Weitergebende. Die Quelle liegt viel tiefer; das ist aber gleichzeitig keine chronologische Tiefe, denn die Quelle liegt in bestimmter Hinsicht gleich weit von uns entfernt wie von ihnen. Wir können sie nur erahnen, sie durch einen Einfall näher heranholen, mit Hilfe einer Metapher herbeizaubern. Betrachten wir noch einmal diesen halbkreisförmigen »romanischen« Bogen, der sich regelmäßig über den Toreinfahrten der hiesigen alten Häuser und Scheunen befindet. Genug wurde über seine Weisheit und Harmonie geschrieben, über seine bauliche Festigkeit und vollendete Natürlichkeit, mit der er aus der vertikalen Mauer oder Säule herauswächst. Man

posvećivalo više graditeljske skrbi negoli samoj kući. Jednog popodneva, dolazeći iz stražnjeg dvorišta, zastao sam na tridesetak koraka od štaglja Šumarovih i zagledao se u romanski luk nad ulazom u šupu. Odjednom sam se dosjetio u čemu je tajna savršene prikladnosti romanskog luka. Puni romanski luk najvjernija je slika nebeskog svoda nad ravnicom, njegova replika od opeke ili kamena. U tome je njegov simbolički i praiskonski značaj.

Oduvijek su nas začaravale velike građevine koje se uzdižu usred ravnice, vladajući njome, kao utjelovljenja nadnaravne moći. Iz najranijh se godina sjećamo Katedrale, koju smo pogledavali jasno ocrtanu na sjevernom obzoru, s naših polja koja leže na toj strani sela. Mi smo je vidjeli s boka, pokazivala nam se kupola i južni zvonik (koji je zaklanjao svog sjevernog parnjaka); za bistrih dana, poslije obilnijih kiša, činila se gotovo na dohvat ruke, a ipak je bila prilično daleko, u najmanju ruku toliko daleko da je na put do Đakova valjalo poći vlakom ili autobusom, što je značilo

muß daran erinnern, daß den Scheunen in diesem Landstrich einst mehr architektonische Sorgfalt gewidmet wurde als dem Haus selbst. Eines Nachmittags, als ich vom hinteren Hof kam, stockte mein Schritt gut dreißig Schritt vor der Šumar'schen Scheune und mein Blick blieb an dem romanischen Bogen über dem Schuppeneingang hängen. Plötzlich wurde mir klar, worin das Geheimnis der vollendeten Harmonie des romanischen Bogens besteht. Der volle romanische Bogen ist das getreueste Abbild des Himmelsgewölbes über der Ebene, seine Replik aus Ziegel oder Stein. Darin liegt seine symbolische und urtümliche Bedeutung.

Seit jeher haben uns große Bauwerke in ihren Bann gezogen, die sich inmitten einer Ebene erheben, die sie beherrschen, als Verkörperungen übernatürlicher Macht. Aus frühesten Jahren erinnern wir uns der Kathedrale, deren deutliche Umrisse wir an den nördlichen Horizont gezeichnet sehen konnten, von unseren Feldern aus, die auf jener Seite des Dorfes liegen. Wir sahen sie svon der Seite, uns zeigte sich die Kuppel und der südliche Glockenturm (der seinen nördlichen Zwilling verdeckte); an klaren Tagen, nach ausgiebigen Regenfällen, erschien sie fast zum Greifen nahe, und doch war sie ziemlich weit entfernt, mindestens so weit, daß man den Weg nach Đakovo

nipošto svakodnevan izlet. Katedrala nam je nekom čarolijom približavala svoj gradić, brkajući u spretnoj opsjenarskoj manipulaciji pojmove dalekog i bliskog. Bilo je nekog osobitog užitka u pomisli da je mi promatramo sa svoje njive, preko šumaraka i jaraka zaraslih u šiprag, i da se istog tog časa u njenu podnožju odvija sav onaj šaroliki život općinskog i biskupskog gradića, vrzmanje kanonika i bogoslova, kao i sve one značajne transakcije u radnjama krojača, postolara, urara, fotografa i drugih obrtnika, u kojima smo i sami, za svojih mjesečnih posjeta, uzimali dobro odvagnut udio.

Još je uzbudljiviji pogled na Silos, uspravljene bijele valjke čija bezumna veličina skriva neko dublje značenje iza puke kvantitativne namjene. Ne možemo prihvatiti da su silosi samo golema skladišta, puki rezultat pretjerane multiplikacije. Možda količina sama po sebi, nakon što nadmaši određene granice, gubi svoj merkantilni smisao i ulazi u sferu metafizike. Nagomilavanje koje izgubi svaki osjećaj za mjeru počinje se približavati

mit dem Zug oder dem Bus zu machen hatte, was auf keinen Fall einen alltäglichen Ausflug bedeutete. Die Kathedrale rückte uns wie durch Zauberei ihr Städtchen näher, indem sie in geschickter magischer Manipulation die Begriffe fern und nah verwirrte. Es lag ein besonderer Genuß in dem Gedanken, daß wir sie von unserem Acker aus, über kleine Waldstücke und mit Gestrüpp zugewachsene Gräben hinweg, sehen konnten und daß sich zur selben Zeit zu ihren Füßen das ganze bunte Leben und Treiben des Verwaltungs- und Bischofsstädtchen abspielte, das Gewimmel der Kanoniker und Theologen und auch all jene bedeutungsvollen Transaktionen in den Läden der Schneider, Sattler, Uhrmacher, Fotografen und anderen Handwerker, an denen auch wir bei unseren monatlichen Besuchen gut bemessenen Anteil nahmen.

Noch aufregender ist der Blick auf die Silos, diese senkrechten weißen Zylinder, deren unfaßbare Größe eine tiefere Bedeutung hinter dem rein quantitativen Zweck verbirgt. Wir können uns nicht damit abfinden, daß die Silos nur riesige Lagerstätten sein sollen, das bloße Resultat übertriebenen Multiplizierens. Vielleicht verliert die Menge an sich, wenn sie eine bestimmte Marke übersteigt, ihren merkantilen Sinn und tritt ein in die Sphäre der Metaphysik. Eine Anhäufung, die

Bogu, to je teorem koji bi deisti lako prihvatili. Poganski hram poljodjelstva, golemi totem boga žitarica, kojemu su trbušine pune poljskog sjemenja... Za ogoljelu metafiziku silosa, čak je i to tumačenje suviše brbljavo, suviše kitnjasto.
Što je uopće ravnica? U čemu je njena bit? Koja je riječ najtočnije pogađa, koja još neotkrivena veza, koji retorički obrat definira ravnicu?
Mnogo svjetla. Prazan, vjetrovit prostor. Zemlja je pala sasvim dolje. Svijet leži na dnu. Taj veliki slobodni prostor probijen je nebrojenim tijelima koja njime krstare od iskona. Tijekom mnogih stoljeća, svijet je potrošen, pojeden, oglodan kao kost. Zemlja je ugažena bezbrojnim kopitima, tabanima, papcima. Nema nijedne stope tla na koju možemo stupiti prvi put. Zemlja tone pod teretom Vremena.
Milijuni nogu izukrštali su staze u prašini. Šume rastu nad zatrpanim gradovima.Zemlja je puna krhotina iščezlih naroda. Prije današnjih žitelja, tu su bili Avari, Langobardi, Goti, Sarmati, Alani, Rimljani, Gepidi, Breuci, Volkanci, Kornakaćani,

jedes Gefühl für das Maß verliert, beginnt sich Gott zu nähern, das ist ein Theorem, das von Deisten leicht akzeptiert werden würde. Ein heidnischer Tempel der Feldwirtschaft, das riesige Totem eines Getreidegottes, dessen Eingeweide voll Feldsamen sind … Für die nackte Metaphysik der Silos ist selbst diese Deutung noch zu geschwätzig, zu blumig.

Was ist überhaupt die Ebene? Worin besteht ihr Wesen? Welches Wort trifft sie am genauesten, welche noch unentdeckte Verbindung, welche rhetorische Wendung definiert die Ebene?

Viel Licht. Ein leerer, windiger Raum. Die Erde ist ganz hinabgefallen. Die Welt liegt auf dem Boden. Dieser große freie Raum, durchspießt von unzähligen Körpern, die ihn seit Anbeginn durchkreuzen. Im Verlauf vieler Jahrhunderte ist die Welt verbraucht, gegessen, abgenagt wie ein Knochen. Die Erde ist von zahllosen Hufen, Sohlen, Klauen zertrampelt. Es gibt keinen Fußbreit Boden, den wir als erste betreten könnten. Die Erde versinkt unter der Last der Zeit.

Millionen Füße haben kreuzweise ihre Pfade in den Staub gezeichnet. Wälder wachsen über verschütteten Städten. Das Land ist voll von Scherben untergegangener Völker. Vor den heutigen Bewohnern waren hier Awaren, Langobarden, Goten, Sarmaten, Alanen, Römer, Gepiden, Breuker,

Bojanci, Aravisci … a prije onih najdaljih još mastodonti i pragmazovi. Pod njihovom težinom, tijekom mnogih stoljeća, zemlja je potonula na dno. Ravnica. Svi su oni mukotrpno probijali i otvarali taj golemi prostor. I sada, to plosnato, nisko tlo suprotstavlja svoju moć taloženja neprekidnom uznemiravanju, kao na morskom dnu. I ono ostaje konačni pobjednik.

Svaka čestica tog tla bila je već mnogo puta vlakno biljke, dijelić opeke u nekom zidu, atom u tijelu čovjeka ili životinje. Ta zemlja je razrovana i isprevrtana tisućama njuški i ljudskih oruđa. Svaka stopa preorana je i pretražena. Nema ničeg novog pod suncem: eto punokrvne ravničarske misli! Ma kako bila napučena, ravnica se uvijek čini praznom, jer je ništa ne može ispuniti. Iako ispresijecana putovima – ona je bespuće.

Cilj mojih šumskih ekspedicija bila su topografska i botanička istraživanja, pripremne radnje za jedan značajan prilog poznavanju ovog dijela panonske depresije. Iz suše u dvorištu izvukao sam stari očev bicikl s engleskim mjenjačem brzina, očistio ga, oslobodio tu nadrealističku napravu paučine

Volkaner, Kornokačaner, Bojaner, Aravisker … und vor den Fernsten noch Mastodonten und Urreptilien. Unter ihrem Gewicht ist, im Laufe vieler Jahrhunderte, die Erde zu Boden gesunken. Die Ebene. Alle haben diesen riesigen Raum mühsam durchstoßen und geöffnet. Und da stellt dieser niedrige, flache Boden dem ununterbrochenen Aufwühlen seine Kraft des Ablagerns entgegen, wie auf dem Meeresboden. Und bleibt der endgültige Sieger.

Jedes Teilchen dieses Bodens war schon viele Male Faser einer Pflanze, Teilchen eines Ziegels in einer Mauer, Atom im Körper eines Menschen oder Tieres. Dieses Land wurde von Tausenden Schnauzen und menschlichen Werkzeugen umgewühlt und umgestülpt. Jeder Fußbreit wurde durchpflügt und durchsucht. Es gibt nichts Neues unter der Sonne: Das ist das vollblütige Denken eines Menschen aus der Ebene! Wie sehr sie auch bevölkert sein mag, die Ebene erscheint immer leer, denn nichts kann sie ausfüllen. Obwohl von Wegen durchschnitten – ist sie die Weglosigkeit.

Ziel meiner Waldexpeditionen waren topographische und botanische Untersuchungen, vorbereitende Arbeiten für einen bedeutenden Beitrag zur Kenntnis dieses Teiles der pannonischen Tiefebene. Aus dem Schuppen im Hof holte ich das alte Fahrrad meines Vaters mit der englischen

i zaputio se starim carskim drumom, na pokusnu vožnju. Vratolomno sam krstario po labirintu šumskih putova, ulazeći u okuke bez usporavanja, izbijajući neprestance na nova raskršća i na račvanja kolskih putova što su sva nalik jedno drugome. Slijedio sam stare tokove voda, često vrlo udaljene od onih današnjih, uvodeći se tako u tajne povijesti hidrografije. Prema oskudnim tragovima nastojao sam odrediti trasu kojom je svojedobno prolazila uskotračna šumska željeznica predratnog magnata Gutmanna.

Moj put prema šumi vodio me je kroz malu naseobinu Cigana. S praga dimljive kolibe, osvijetljene plamenom fenjera skinutog sa začelja ciganskih čergi, brkati Ciganin ispratio bi me ravnodušnim i prepredenim pogledom. Ponekad sam nailazio na jednog suhonjavog Ciganina koji je – zahvaljujući svom šutljivom i suzdržljivom držanju, svojim crnim brkovima, šeširu s trakom od crne kadife i umaštenom građanskom odijelu – postao za mene utjelovljenjem svjetskog putnika i ahasverskog lutalice, opterećenog dvostrukim prokletstvom rase i sudbine. Susretao sam ga na

Gangschaltung, putzte es, befreite das surrealistische Gerät von Spinnweben und begab mich auf der alten kaiserlichen Straße auf Probefahrt. Halsbrecherisch kreuzte ich durch das Labyrinth der Waldwege, nahm Kurven ohne abzubremsen, gelangte ständig an neue Kreuzungen und Gabelungen von Karrenwegen, von denen einer aussah wie der andere. Ich folgte den alten Wasserläufen, oft sehr weit weg von den heutigen, und drang so in die geheime Geschichte der Hydrographie vor. Anhand spärlicher Spuren versuchte ich die Trasse zu bestimmen, über die seinerzeit die Schmalspurforstbahn des Vorkriegsmagnaten Gutmann geführt hatte.

Der Weg zum Wald führte mich durch eine kleine Zigeunersiedlung. Von der Schwelle einer rauchigen Hütte, erhellt durch die Flamme einer Lampe, die er vom Einlaß ins Zigeunerzelt heruntergenommen hatte, begleitete mich ein schnauzbärtiger Zigeuner mit gleichgültig-verschlagenem Blick. Manchmal traf ich einen dürren Zigeuner, der – dank seiner schweigsamen Zurückhaltung, seinem Hut mit dem schwarzen Samtband und dem fettglänzenden bürgerlichen Anzug – für mich die Verkörperung des Weltreisenden und ahasverisch Umherirrenden wurde, unter der Last des zweifachen Fluches von Rasse und Schicksal. Ich begegnete ihm auf Straßen und Wegen in

drumovima i putovima u okolici sela, nogavica pobijeljelih od prašine, ili pak, rjeđe, posađena na kolima, s uzdom u rukama i s cigarom među smeđim zubima. Bez sumnje, tajnovite veze ciganskih ortaka i kumova, nedogledna mreža konjskih trgovaca, krijumčara i preprodavača, omogućavala mu je da bez teškoća putuje po cijeloj državi kao i izvan njenih granica, i ta ga je slutnja činila u mojim očima istinskim kozmopolitom, građaninom svijeta, čovjekom koji se nagledao čudesa dalekih prijestolnica i zemalja i koji nas, kada se mimoiđemo na nekom sporednom putu, ni ne primjećuje, dotičući nas tek ovlaš svojim odsutnim pogledom, ostavljajući nam za sobom, kao Arijadninu nit, svoj alkoholni i duhanski zadah, miris nekih ljutih cigara kojim je impregnirano njegovo ulašteno odijelo kao i sama njegova beskućnička ali ipak dostojanstvena osoba.

Neko vrijeme bavio sam se nacrtima za letjelicu koja bi koristila zračne struje i ispunila naše snove da se vinemo iznad ravnice i šume, da nadletimo svoje rodno selo, izazivajući prepast i divljenje njegovih bogobojaznih stanovnika, da napravimo

der Umgebung der Dörfer, die Strümpfe weiß vom Staub, oder doch, seltener, auf einen Wagen gehockt, die Zügel in Händen und die Zigarre zwischen den braunen Zähnen. Ohne Zweifel ermöglichten ihm die geheimnisvollen Verbindungen der Zigeunerkumpane und Paten, das undurchschaubare Netz aus Pferdehändlern, Schmugglern und Wiederverkäufern, ohne Schwierigkeiten im ganzen Staat wie auch außerhalb dessen Grenzen zu reisen, und diese Ahnung machte ihn in meinen Augen zum wahren Kosmopoliten, zu einem Weltbürger, einem Menschen, der die Wunder ferner Hauptstädte und Länder geschaut hat und der uns, wenn wir auf einem Nebenweg aneinander vorbeigehen, nicht einmal bemerkt, uns nur flüchtig mit seinem abwesenden Blick streift, hinter sich, wie einen Ariadnefaden, seinen Alkohol- und Tabakatem zurücklassend, den scharfen Zigarrengeruch, mit dem sein blank gescheuerter Anzug imprägniert ist und seine ganze heimatlose, aber doch würdevolle Person.

Einige Zeit lang beschäftigte ich mich mit der Planung eines Fluggerätes, das die Luftströmungen ausnützen und unseren Traum erfüllen sollte, uns über die Ebene und den Wald emporzuschwingen, unser Geburtsdorf zu überfliegen, Erschrecken und Bewunderung seiner gottesfürchtigen Bewohner hervorzurufen, einen Kreis um den Turm

krug oko zvonika naše crkve i potom se vratimo u šumsko skrovište.

U doba tih intenzivnih studija, sanjao sam svake noći, mnogo i burno. Jedan neobičan san vraćao mi se iz noći u noć. U tom snu, ja ležim usred velike vode, uronjen, miran, izvan pogibli. Oko mene vode mrmore i prigušeno klokoću. Povrh njih, s vremena na vrijeme, čuje se kako zrakom prolazi jedan razgovijetan zvuk. To vode nadlijeću željezne letjelice, zacijelo avioni, oni dvostrukih krila, s elisom na čelu, kakve smo motrili u svome djetinjstvu, u toj davnini šupljijoj od davnine Rimskoga carstva, kako lete povrh velikih državnih posjeda.

Kako li je jasna ta željezna pjesma – ta ritmična buka – kao neki predmet gore u visokome zraku!

…

Probudivši se, prisjećao bih se djed Ivinih priča: kako su, onomad, išli kupovati vino za svadbu nekog rođaka, u stanovito selo kod Kutjeva, u gori Krndiji. Putovali su kolima s konjskom zapregom, cijeli dan. Na povratku, svaki vozar ima uza se balon rakije i balon vina. Pada gust snijeg. Ali,

unserer Kirche zu beschreiben und wieder in unser Waldversteck zurückzukehren.
Während dieser intensiven Studien träumte ich jede Nacht, viel und stürmisch. Ein ungewöhnlicher Traum kehrte Nacht für Nacht zurück. In diesem Traum liege ich mitten in einem großen Wasser, untergetaucht, ruhig, außer Gefahr. Rings um mich murmelt das Wasser und gluckert gedämpft. Darüber hört man von Zeit zu Zeit einen rätselhaften Ton durch die Luft kommen. Da überfliegen eiserne Flugkörper das Wasser, vermutlich Flugzeuge, Doppeldecker mit Frontpropeller, wie wir sie in unserer Kindheit die großen Staatsdomänen überfliegen sahen, in jenem Altertum, das hohler ist als das Altertum des Römischen Reiches.
Wie ist dieses eiserne Lied so deutlich vernehmbar – dieser rhythmische Lärm – wie ein Gegenstand hoch oben in der Luft! …
Nach dem Aufwachen erinnerte ich mich an Großvater Ivos Geschichten: Wie sie einmal für die Hochzeit eines Verwandten in ein bestimmtes Dorf bei Kutjevo in der oberen Krndija Wein einkaufen gefahren waren. Sie waren mit einem Pferdegespann unterwegs gewesen, den ganzen Tag. Bei der Rückkehr hatte jeder der Mitfahrenden eine Ballonflasche Rakija und eine Ballonflasche Wein neben sich. Dichter Schnee fiel.

»iz nas izbija tako silna jara – kao iz peći – da se snijeg topi prije no što nas dotakne« ...

Putovanja nestalih predaka graniče s fantastičnim pothvatima. U ono doba, putovanje u saonicama, kroz snježnu ravnicu, moglo je neopazice prerasti u put na mjesec.[VII]

Salijetale su me misli o putovanju, o velikoj ekspediciji koja bi me odvela u daleke egzotične zemlje – i koja bi se, na neki neobjašnjiv način, završila tek nešto dalje u susjedstvu, u nekoj lijepoj starinskoj kući s loncima dragoljuba i mačkama koje drijemaju u prozorima.

Noću, između dva sna bez slika, izranjao sam na trenutak iz tog tamnog Oceana, i, okrećući se s jednog boka na drugi, potvrđivao u mislima svoju nepokolebljivu odluku: sutra, već sutra krećem na put. Odmah zatim sam ponovo tonuo u neistražene prostore spokojnog i dubokog sna, strasno se bacajući u potragu za nepoznatim zemljama.

U sjenci odaja rane jeseni, po zemljovidima koji prekrivaju vlažne zidove, muhe su ucrtavale nove arhipelage u plava prostranstva oceana.

Aber »wir strahlten eine solche Gluthitze aus – wie ein Ofen – daß der Schnee schmolz, noch bevor er uns berührte« …
Die Reisen der entschwundenen Vorfahren grenzen an phantastische Unternehmungen. Zu jener Zeit konnte sich eine Schlittenfahrt durch die verschneite Ebene unversehens zu einer Reise auf den Mond auswachsen.[16]
Mich bestürmten Gedanken an eine Reise, eine große Expedition, die mich in ferne exotische Länder führen sollte – und die, auf unerklärliche Weise, nur etwas weiter weg in der Nachbarschaft enden sollte, in einem schönen alten Haus mit Kressetöpfen und dösenden Katzen in den Fenstern.
Nachts, zwischen zwei bilderlosen Schlafabschnitten, tauchte ich für einen Moment aus diesem dunklen Ozean auf, um in Gedanken, während ich mich von einer Seite auf die andere drehte, meinen unumstößlichen Entschluß zu bekräftigen: Morgen, gleich morgen breche ich auf. Gleich darauf versank ich wieder in die unerforschten Räume tiefen friedvollen Schlafes, auf leidenschaftlicher Suche nach unbekannten Ländern.
Im Schatten der Gelasse des frühen Herbstes, auf den Landkarten, die die feuchten Mauern verdecken, haben die Fliegen neue Archipele in die blauen Weiten der Ozeane gezeichnet.

Događalo se da tako prespavam po dva dana, u noćima bez mjesečine i u dnevnoj sjenci iza spuštenih rebrenica, dok su za to vrijeme vani, u vrtu, cvjetovi kasnih ruža trusili svoje besmrtne latice, a tobolci puni zrelih sjemenki strpljivo pucketali.

Es kam vor, daß ich auf diese Weise, in mondlosen Nächten und im Tagesschatten hinter herabgelassenen Rollos, zwei Tage durchschlief, während zur selben Zeit draußen, im Garten, die Blüten der späten Rosen ihre unsterblichen Blütenblätter verstreuten und geduldig Köcher voll reifer Samen prasselten.

[I] U svezi s ovim, napomena o kišobranu. Zašto ima taj gvozdeni šiljak koji privlači grom? U polju, kišobran nam služi kao imaginarna puška. Rastvoren, plaši krave. Šalu treba izvesti na sljedeći način: približiti se, sa zatvorenim kišobranom, što je bliže moguće a da se krava ne uznemiri. Zatim kišobran, uperen u kravu, naglo rastvoriti.

[II] O svemu se tome čovjek može obavijestiti kod naših starih (čudotvoran i vrlo rastezljiv pridjev) šokačkih pisaca (naravno, nepriznatih i omalovaženih u službenoj književnosti), koji jedini bijahu kadri proniknuti u dušu slavonskih starinaca. Čitajte Maru Švel, Vladu Kovačića, Antuna Matasovića, sve same zaboravljene veličine: ondje ćete saznati tko smo mi, »otmjeno ali umorno pleme našeg naroda«.

[III] Isus Hrvatski Spasitelj? U svakom slučaju, H upućuje na nešto hrvatsko.

[IV] Kasnije, tu sam kazetu slušao na walkmanu; baterije su bile pri kraju snaga; i ta pradjedova rečenica – zahvaljujući magiji nepojmljivog stroja – postala je otegnuta i duboka, neljudska, kao glasanje Zemlje ili mumljanje Vremena, tamna od te sablasne davnine: »Too je biiiloo taaaakoo daaavno …«

[V] Njem. *Abteilung*.

[VI] Njem. *Gucker*. Julije Benešić zapisao je ove stihove u pjesmi »Osijek« (1921): »Noć je. / I iste one moje zvijezde od trinaest godina, / dvostruke negda na gukeru starom …«

[VII] U svakom slučaju, za put na mjesec bio bi nam neophodan stroj. Stroj koji smo po mogućnosti sami načinili, ili koji smo barem gledali u našem dvorištu kako se postupno i brižljivo sklapa. Taj stroj nije lišen nesavršenosti i mana, ali će ipak biti kadar da nas preveze na mjesec. Zamisao o takvu stroju ispunjava nas ushićenjem.

[1] Volkslieder der Schokzen, der katholischen, die ikavische Variante des Kroatischen sprechenden Slawonier.

[2] Ungarisch: Hirt, Schäfer.

[3] In Verbindung damit eine Anmerkung zum Regenschirm. Warum hat er eine Metallspitze, die den Blitz anzieht? Auf dem Feld dient uns der Regenschirm als imaginäres Gewehr. Aufgespannt, schreckt er die Kühe. Diesen Scherz sollte man auf folgende Weise ausführen: mit geschlossenem Schirm so nahe wie möglich herangehen, damit die Kuh nicht unruhig wird. Dann den auf die Kuh gerichteten Schirm blitzartig öffnen.

[4] Über all das kann man sich bei unseren alten (ein wundertätiges und sehr dehnbares Beiwort) schokzischen (natürlich nicht anerkannten und in der offiziellen Literatur geringgeschätzten) Autoren informieren, die als einzige imstande waren, bis an die Seele der slawonischen Altertümler vorzudringen. Lesen Sie Maro Švel, Vlado Kovačić, Antun Matasović, lauter vergessene Größen, dann werden Sie erfahren, wer wir sind, »ein vornehmer, aber müder Stamm unseres Volkes«.

[5] Jesus Kroatischer Erlöser? Jedenfalls weist das H in IHS auf etwas Kroatisches (Hrvatski) hin.

[6] Henry Malot/, *Sans Famille.*

[7] Fran Saleški Finžgar/, *Pod svobodnim suncem* (Slowenisch).

[8] Deutsch vermutlich: Jón Svensson, *Nonni. Erlebnisse eines jungen Isländers, von ihm selbst erzählt*, deutsche Fassung erstmals 1913.

[9] Von Cesarina Lupati.

[10] Rudolf Timmermans, *Die Helden des Alcazár.*

[11] Deutsch vermutlich: Erik Hansen, *Im Tal der Hoffnung. Im Ballon nach Grönland verschlagen* (aus dem Dänischen).
[12] Roman aus der Bjørndal-Trilogie von Trygve Gulbranssen.
[13] Gerhard Ellert, *Attila.* Roman, 1934.
[14] Später habe ich mir diese Kassette im Walkman angehört; die Batterien waren am Ende; und dieser urgroßväterliche Satz wurde – dank der Magie einer unbegreiflichen Maschine – langgezogen und tief, unmenschlich, wie das Tönen der Erde oder das Murmeln der Zeit, dunkel vor gespenstischer Urzeit: »Daas iist soo laange heer …«
[15] Feldstecher. Julije Benešić hat in seinem Gedicht »Osijek« (1921) folgende Verse: »Es ist Nacht./ Und dieselben Sterne von dreizehn Jahren, / zweifach irgendwo im alten Gucker …«
[16] In jedem Fall bedurfte es für die Reise auf den Mond einer Maschine. Einer Maschine, die wir nach Möglichkeit selbst gebaut hatten, oder von der wir zumindest in unserem Hof gesehen hatten, wie sie schrittweise und sorgfältig zusammengesetzt wurde. Diese Maschine war nicht frei von Unvollkommenheiten und Fehlern, würde aber dennoch imstande sein, uns zum Mond zu bringen. Der Gedanke an eine solche Maschine erfüllt uns mit Begeisterung.

Stanko Andrić

geboren 1967 in Strizivojna, Kroatien, Studium der lateinischen und französischen Philologie in Zagreb und Geschichte des Mittelalters in Budapest. Zurzeit erforscht er am Historischen Institut Zagreb die mittelalterliche Kirchengeschichte Slawoniens. Er publizierte drei Essaybände und zwei Bände mit historischen Studien. Simurg *ist sein erstes belletristisches Werk.*

Klaus Detlef Olof

geboren 1939, lebt in Klagenfurt, Studium in Hamburg und Sarajevo; unterrichtet seit 1973 an den Universitäten Klagenfurt, Graz und Wien südslawische Literaturen und Theorie und Praxis literarischen Übersetzens. Zahlreiche Übersetzungen aus dem Bosnischen, Kroatischen, Serbischen, Slowenischen, Bulgarischen und Mazedonischen.

Edition Zwei bei Wieser

Kateřina Rudčenková
… nicht nötig, mich zu besuchen
… není nutné, abyste mě navštěvoval
Ausgewählt und aus dem Tschechischen übersetzt von
Christa Rothmeier und Julia Hansen-Löve
Gedichte
112 Seiten, gebunden
ISBN 3 85129 373 8

Włodzimierz Kowalewski
Zurück nach Breitenheide
Powrót do Breitenheide
Aus dem Polnischen von Doreen Daume
Erzählung
200 Seiten, gebunden
ISBN 3 85129 371 1

Károly Méhes
Von der Erhaltung der Materie
Nem vész el, csak átalakul
Zwei Bärte
A szakáll – másodzor
Aus dem Ungarischen von György Buda
Zwei Erzählungen
168 Seiten, gebunden
ISBN 3 85129 372 X

Edition Zwei bei Wieser

Maruša Krese
Yorkshire Tasche
Yorkshire torba
Aus dem Slowenischen von Brigitte Struzyk
Gedichte
128 Seiten, gebunden
ISBN 3 85129 397 5

Jana Juráňova
In ein Netz gehüllt …
Do siete odetá …
Aus dem Slowakischen von Angela Repka
Prosa
160 Seiten, gebunden
ISBN 3 85129 395 5

Europa Erlesen
alle lieferbaren Titel

Band	Autor/Hg.	Titel
1	Gretter	*Venedig*
2	Gretter	*Triest*
3	Niederle	*Wien*
4	Rothmeier	*Mähren*
5	Strutz	*Istrien*
6	Wieser	*Karst*
7	Strutz	*Dalmatien*
8	Niederle	*Berlin*
9	Niederle	*Prag*
10	Simonek/Woldan	*Galizien*
11	Czernin	*Salzkammergut*
12	Wieser	*Kärnten*
13	Gretter	Zürich
14	Jäger	*Sankt Petersburg*
15	Pittler	*Dublin*
16	Niederle	*Weihnachten*
17	Gruber	*In anderer Augen*
18	Kitzmüller	*Friaul*
19	Aescht	*Siebenbürgen*
20	Jäger/Klein	*Moskau*
21	Wieser	*Senza Confini*
22	Niederle	*Rom*
23	Wieser/Poniž	*Ljubljana*
24	Niederle	*Die letzte Reise*
25	Barner	*Bukarest*
26	Niederle	*München*
27/28	Jules Verne	*Mathias Sandorf*
29	Haar	*Amsterdam*
30	Wetzig	*Island*
31	Marenits	*Barcelona*
32	Schneider L.	*Lappland*
33	Twaroch	*Niederösterreich*
34	Jäger/Sitzmann	*Plovdiv*
35	Ponger/Heimann	*Wiener Einstellungen*
36	Sandbichler	*Tirol*

37	Eggert	*Bodensee*
38	Dittmar	*Liechtenstein*
39	Pittler	*Schottland*
40	Schneider S.	*Provence*
41	Billetta	*Athos*
42	Holzbauer	*Das Lied v. Hürnen Seyfried*
43	Velikić	*Via Pula*
44	Slataper	*Mein Karst*
45/46	Kofler	*Poesie von Meer und Erde Poesie di mare e terra*
47/48	Spechtler	*Liechtenstein/Frauendienst*
49	Erstić	*Zagreb*
50	Schulte	*Belgrad*
51	Niederle	*Eros*
52	Niederle	*Frühjahr*
53	Artl	*Dubrovnik*
54	Bernhart	*Sizilien*
55	Niederle	*Sommer*
56	Echerer	*Budapest*
57	Niederle	*Herbst*
58	Baker	*London*
59	Niederle	*Winter*
60	SakoHoess	*Bratislava*
61	Decloedt	*Brüssel*
62	Schneider L.	*Oslo*
63	Pollack	*Porto*
64	Brix	*Krakau*
65/66	Fischer/Okuka	*Terra Bosna*
67	Jaroschka/Dienes	*Graz*
68	Jobst	*Vierbergelauf*
69	Spechtler	*Walther von der Vogelweide*
70	Pittler/Wieser	*Weiter Osten*
71	Schmidt	*Tallinn*
72	Pittler/Verdel	*Kurbäder*
73	Pollet-Kammerlander	*Montenegro*

Orient erlesen

Iran
Herausgegeben von Walter M. Weiss
ISBN 3 85129 407 6

Luxor/Assuan
Herausgegeben von Walter M. Weiss
ISBN 3 85129 408 4

Marrakesch
Herausgegeben von Walter M. Weiss
ISBN 3 85129 406 8

Irak
Herausgegeben von Walter M. Weiss
ISBN 3 85129 426 2